인어 사냥

인어사냥

차인표 장편소설

해결책
ANSWER KEY

그날도 보름달 뜬 밤바다에 새끼 인어가 떠올랐어.

휘영청 뜬 달을 보고

정신이 팔려 물 위로 머리통을 내밀었던 게지.

동그란 달을 만져 볼 욕심에

자기 목에 올가미가 걸리는 줄도 모르고……

\- 본문 중에서 -

목차

일러두기

이 작품의 표기는 국립국어원 표준국어대사전을 따랐으나, 극중 인물의 호칭과 대화 중 인칭 대명사 및 일부 표현은 입말체의 특성을 살려 구어체를 사용했다.

1장

간절히 바라다

서기 1902년, 강원도 통천.

해안선을 따라 옹기종기 모여 있는 섬들을 지나면 외딴섬이 있었다. 원래는 무인도였는데 몇 년 전부터 어부 박덕무와 그의 아내 임 씨가 들어와 두 아이를 낳고 살았다. 호리하니 가녀린 몸에 동그스름한 얼굴이 예쁜 딸은 영실이라 불렀고, 가을 바다에 올라온 꼴뚜기마냥 마름모꼴 얼굴에 큰 눈을 갖고 태어난 아들은 영득이라 불렀다. 섬의 낮은 평온했고, 밤은 고즈넉했다. 가끔 뿔난 하늘에서 비바람이 불기도 하고, 성난 바다에서 거친 파도가 으르렁거릴 때도 있었지만, 네 식구가 아랫목에 누워 한 이불을 덮고 있으면 만사가 평온하고 아늑하기만 했다. 빈 하늘에 떠오른 별무리만 보아도, 늦가을 떨어지는 밤송이 몇 톨만 주워도 함께이기에 행복했다. 그러던 어느 날, 그들에게 갑자기 불행이 닥쳤다.

바다에 나갔다가 돌아온 덕무가 딸의 울음소리를 따라 집 뒷산에 올라보니, 어린 딸 영실이 잣나무 아래에 서서 울고 있었다. 그 옆으로 임 씨가 엎어져 있었다. 한 손에 가느다란 잣 열매를 꼭 쥔 아내의 몸은 이미 차갑게 식어 있었다. 영실은 엄마가 갑자기 물에 빠진 것처럼 가슴이 답답하다면서 숨 쉬려고 애쓰다가 쓰러졌다고 했다. 엄마가 죽던 날, 영실은 여섯 살이었고 동생 영득은 이제 갓 돌을 지났을 무렵이었다.

하얀 찔레꽃이 핀 언덕에 서면 바다가 한눈에 내려다보였는데, 덕무는 임 씨를 그곳에 묻었다. 밤하늘에 보석처럼 박혀 있는 별들을 바라보며, 사람은 죽으면 하늘로 올라가 별이 된다고 엄마는 입버릇처럼 말했다. 그랬던 엄마가 하늘이 아닌 땅속에 묻히는 걸 보면서 영실은 서럽게 울었다. 소리 내어 구슬프게 울면 엄마가 묻혀 있던 땅에서 다시 나와 영실의 뺨에 흐르는 눈물을 훔쳐 줄 것 같았다. 거짓말해 미안하다며 안아 줄 것 같았다. 자고 일어나면 섬에 가득 드리운 슬픔과 불안이 안개 걷히듯 사라지고 엄마라는 세상이 처음부터 다시 시작될 것만 같았다. 엄마가 없다는 건 어제까지의 슬픈 꿈이었고, 내일부터는 엄마가 기다리는 세상에서 행복하게 살 수 있을 것 같았다. 그러나 울고 또 울어도, 자고 또 깨어도 땅에 묻힌 엄마는 다시 볼 수 없었다. 하루, 한 달,

일 년……. 속절없는 날들이 지나갔다.

그로부터 여섯 해가 흘렀다. 흘러간 시간만큼 그리움은 쌓였는데 슬픔은 줄지 않았다. 가장 슬픈 건 그림 한 장 없는 엄마의 얼굴이 잊혀 간다는 점이었다. 어딘가에서 불어오지만 잡을 수 없는 바람처럼, 하늘에 떠 있지만 마주 바라볼 수 없는 해처럼, 떠올리려 애쓰면 애쓸수록 엄마의 얼굴은 희미해져 갔다. 엄마라는 이름이 채 목젖에 걸려 삼킬 수가 없는데, 아직도 코끝에 엄마 냄새가 스미는데, 한 번만이라도 엄마를 다시 만날 수 있다면 소원이 없겠는데, 엄마의 얼굴은 자꾸 잊혀 갔다. 추억 속 엄마는 그렇게 모두의 기억 속에서 점차 사라져 갔다.

열두 살이 된 영실은 엄마가 하던 일을 도맡아 했다. 돌을 걸러낸 산자락 비탈진 땅에 수수와 옥수수를 심었고, 계절 따라 밤이나 잣, 호두를 주웠다. 때맞춰서 아버지와 동생을 먹이고 입혔다. 영득은 아버지를 따라 배를 타고 싶었지만, 콧등이 아버지의 배꼽에 닿을 만큼 커야 바다에 데리고 갈 수 있다는 덕무의 말에 닥치는 대로 먹었다. 영득은 배가 고프면 영실을 찾았다. 천둥 번개가 쳐도, 바람이 불어 파도가 높아도 영실을 찾았다. 잠이 쏟아져 졸릴 때도, 잠이 안 와 잠투정을 부릴 때도 늘 영실을 찾았다. 영득에게 영실은 엄마였다.

돌아가신 엄마는 나무를 좋아했다. 하늘이 푸른 날이면 엄마와 영실은 뒷동산에 올라 나무들 사이로 거닐었다. 엄마는 영실에게 하나하나 짚어 가며 나무 이름을 알려 주었다. 잣나무, 호두나무, 뽕나무, 찔레나무……. 영실은 나무마다 자기만의 이름이 있는 것이 신기하게 느껴졌다. 엄마를 닮은 영실도 나무를 좋아했다. 영득이 재미 삼아 가지라도 하나 꺾을라치면 "네 팔을 꺾으면 아픈 것처럼 나무도 가지를 꺾으면 아파. 그러니 함부로 꺾지 마."라며 타일렀다. 어떻게 해야 할지 모를 일이 생기면, 영실은 나무숲 사이를 걸으며 '어머이라면 어떻게 했을까?'라고 스스로에게 질문하며 답을 구하곤 했다. 그러면 때로는 엄마와 얼굴을 맞대고 말하는 것 같은 기분이 들기도 했다.

"어머이는 왜 나무를 좋아해?"

영실이 물었다.

"나무는 살기 위해 다른 생명을 해치지 않아. 태어난 땅에서 일생을 살고 다시 땅으로 돌아가지. 바람이 불면 지나갈 때까지 바람을 맞고, 눈이 내리면 녹을 때까지 가지 위에 소복하게 담아 둔단다. 태어난 자리에서 묵묵히 세월을 견디며 자기에게 주어진 몫을 살아 내는 거야."

차분히 말하며 생긋 웃는 엄마의 뒤편에서 구름에 반쯤 가린 해가 반짝였다.

동틀 무렵이면 덕무는 작은 배를 타고 바다로 나갔다. 아내가 살아 있었다면, 아마도 작은 고깃배가 아닌 먼 바다로 나가는 큰 배에 올라 한 달씩, 달포씩 큰 물고기들을 잡으러 다녔을 것이다. 그러나 아내가 떠난 이후, 덕무는 웬만하면 멀리 나가지 않고 섬 주변만 뱅글뱅글 돌았다. 아침에 인근 바다에서 물고기를 잡아, 정오가 조금 지날 무렵 육지로 가서 그날 잡은 물고기를 필요한 물건으로 바꾸고, 저녁이 되기 전에 아이들이 기다리는 섬으로 돌아왔다. 엄마 없는 외딴섬에 어린 두 아이만 둘 수는 없기 때문이었다.

하루해가 지기 시작하면 영실과 영득은 바다가 내려다보이는 언덕에 올라 아버지가 돌아오기를 기다렸다. 노을이 바다 너머 구름 사이로 드리우면 꾸물꾸물 기우뚱거리며 돌아오는 아버지의 고깃배가 보였다. 영실과 영득은 뱃머리에 걸터앉은 아버지를 향해 손을 흔들었다. 아버지가 손을 마주 흔들면, 남매는 언덕 아래로 난 비탈길을 내달려 배를 대는 오리 바위까지 한달음에 내려왔다. 덕무가 물고기를 많이 잡은 날은 쌀이며 과일이 담긴 궤짝을 들고, 못 잡은 날은 세 식구가 손을 꼭 잡고 달랑달랑 흔들며 비탈길을 올라 집으로 돌아왔다.

하루는 덕무가 바다에서 돌아오는데 먼발치 언덕 위에서 영득이 혼자 발을 동동 구르며 서 있었다. 남매가 늘 함께 기다리더니 무슨 일인지 영실이 보이지 않았다. 덕무의 배를 발견한 영득이 양팔을 허공에 휘저으며 아버지에게 얼른 오라고 손짓했다. 집 쪽을 가리키며 무어라 말하는 듯했지만 거리가 멀어 들리지 않았다. 가슴이 철렁한 덕무가 허겁지겁 배를 대고 집으로 올라가니, 마당에서 방으로 들어가는 문턱에 영실이 쓰러진 채 숨을 못 쉬어 헐떡대고 있었다. 덕무는 영실을 업고 내달려 배에 태운 뒤 통천의 큰 의원으로 데리고 갔다. 영실의 진맥을 짚던 의원은 폐에 난 구멍으로 자꾸 물이 차서 숨을 못 쉬는 거라며, 물에 빠진 사람이 숨을 못 쉬는 것처럼 고통스럽게 앓다가 절명할 거라고 했다. 덕무는 영실을 데리고 용하다는 의원들을 사방팔방 찾아다녔지만 하나같이 같은 소견을 내렸다. 영실의 병은 고칠 수 있는 병이 아니라 죽을병이라고.

허망하게 아내를 보냈는데 딸마저 그렇게 보낼 수는 없었다. 덕무는 영실을 살릴 수 있는 일이라면 무슨 일이든 하겠다고 굳게 마음먹었다. 평양의 서양 선교사가 세운 기홀 병원이라는 곳에서 폐병 환자를 치료한다는 소문이 들렸다. 동쪽 끝에 있는 통천군에서 서쪽으로 내륙을 가로질러 평양까지의 거리는 대략 칠백 리, 밤낮없이 걸어 나흘 길이었다. 숨이 차 몇 걸음 못 걷는 영실을 데리고 가는 건 불가능했다. 덕무는 영실이 조금이라도 나아진다면 지게에 지고라도 가리라 마음먹었다. 그러나 영실의 폐병은 날이 갈수록 악화되었다. 밤이고 낮이고 숨이 턱에 걸린 듯 헐떡였고, 억지로라도 숨을 쉴라치면 피를 한 사발 쏟아낼 때까지 기침이 이어졌다. 아침이 되면 영득은 밤새 앓다가 지쳐 잠든 누나의 코에 손가락을 대어 살아 있는지 확인하곤 했다. 마른 나뭇가지처럼 하루가 다르게 죽어 가는 딸을 보며 덕무의 속은 잿더미처럼 타들어 갔다.

*

공 영감은 조상 대대로 통천 땅에서 살아온 토박이였다. 원래는 동해를 건너 일본 시마네현이나 돗토리현까지 강치 가죽을 팔러 다녔는데, 그날 사고를 당한 후로 육지와 가까운 섬들을 오가며 잡화나 약 같은 것들을 취급하는 잡화상이 되었다. 그날의 사고라 함은 공 영감의 배가 먼바다에 떠 있는 바위섬에 부딪혀 난파된 일을 말한다. 공 영감이 배를 왜 하필 그 섬 부근으로 몰았는지는 알려지지 않았다. 그는 그저 지나가던 길이었다고 짧게 말했는데 그 말을 믿는 사람은 아무도 없었다. 그곳은 '그저 지나갈 수 없는 곳'이기 때문이었다. 평소에 공 영감이 다니던 바닷길에서 한참 벗어난 북쪽이었고, 어장이 형성되어 있거나 강치 떼가 발견될 만한 곳도 아니었다. 그곳은 암초들 때문에 배들이 피하는 곳이요, 아무도 얼씬거리지 않는 곳이었다. 하필 그곳을 지나다가 배가 난파되었다면 그곳에 볼일이 있어서 일부러 접근했다고 볼 수밖에 없었다. 아무튼 공 영감은 그저 지나가던 길이라고 했고, 진짜 속내를 알 만한 나머지 사람들은 모두 바다에 빠져 죽었기에 알 수 없는 노릇이었다. 그때 배에 타고 있던 네 사람은 배가 완전히 부서지는 바람에 꼼짝없이 바다에 빠져 버렸다. 바위섬이 가까이 있었기에 헤엄쳐 가면 살 수도 있었겠지만, 주변에 안개가 짙게 깔려 코앞도 보이지 않는 터라 동으로 가야 할지 서로 가야 할지 방향조차 가늠할 수 없었다. 기운 빠진 이들이 하나씩 물속으로 사라졌고, 공 영감만이 홀로 마지막까지 물 위에 떠 있었다. 불현듯 불어온 바람에 안개가 걷히면서 눈앞에 시꺼먼 바위섬이 보였다. 공 영감이 마지막 힘을 다해 섬을 향해 헤엄치는데, 물속에서 무언가 공 영감의 다리를 툭 건드렸다. 물장구치던 다리가 해초에 걸린 건지 아니면 암초를 때린 건지 헤아려 보려는 순간, 거칠고, 무례하고, 한 번도 경험해 보지 못한 강력한 힘이 공 영감의 왼 다리를 휙 잡아챘다. 폭력적으로 다리를 잡아당긴 그것이 무엇인지 가늠할 새도 없이, 공 영감은 뼈가 으스러지고 신경이 잘근잘근 씹히는 소리를 들었다. 자신의 다리가 떨어져 나가는 소리였다.

사람이 견딜 수 있는 고통의 임계점은 어디까지인가? 사람은 감당할 수 있을 만한 시련이 찾아오면 고통의 시간을 견디며 얼른 지나가기를 바란다. 그런데 그 시련이 감당할 수 없을 만큼 가혹하면, 고통을 견딘 후에 망가질 자신의 모습이 두려운 나머지 고통의 결과를 대면하기 전에 차라리 생을 마치기를 바라게 된다. 공 영감도 그랬다. 공 영감은 수면 위로 몽글몽글 올라오는 핏방울들 사이로 다가오는 거무죽죽한 상어 지느러미를 보며 '저것이 다가와 내 몸을 마저 찢어 버리기 전에 바다 속으로 가라앉아 죽었으면 좋겠다.'라고 생각했다.

공 영감은 바닷물이 폐를 가득 채워서 뇌에 산소를 끊어 버려, 더 이상 고통을 못 느끼게 되기를 원했다. 그러나 절체절명의 순간, 몸은 머리가 내리는 명령을 거역했다. 상어에게 잡아먹히느니 차라리 물에 빠져 죽겠다고 결심한 그 순간에도 물속에서 필사적으로 휘저은 양팔과 남은 한쪽 다리 덕분에, 공 영감의 몸뚱이는 여전히 물에 둥둥 떠 있었다. 팔을 뻗으면 닿을 만큼 가까이 다가온 상어가 수면 위로 거대한 머리를 드러냈다. 저고리에 달린 검은 단추 같은 상어의 눈동자가 공 영감을 쏘아보았다. 생명에서 영혼을 걷어 낸 것처럼 무표정한 눈이었다. 상어가 그의 목전에서 거대한 입을 쩍 벌렸을 때, 공 영감은 상어의 목구멍에 썹다 만 자신의 발목이 걸려 있는 것을 보았다. 그리고 죽음이라는 두 글자가 그를 향해 다가왔다. 벌린 입속으로 그냥 머리를 집어넣었으면 모든 것이 끝났을 텐데, 공 영감은 머리 대신 손을 내밀어 상어를 막았다.

바다에서 공 영감을 발견한 어부는 강치나 돌고래 사체가 떠내려오는 줄 알았다고 했다. 혹시나 살코기라도 건질까 싶어 갈고리로 낚아채려다가 가까이에서 보니 사람이었다고 했다. 상어는 공 영감의 왼쪽 다리와 엉덩이 일부, 오른손을 가져가는 대신 목숨을 돌려주었다.

공 영감은 경이로운 회복력을 보여 주었다. 손과 다리를 하나씩 잃은 데다, 엉덩이도 절반이나 떨어져 나가 온몸의 피를 거의 다 쏟아 내었기에 누가 봐도 죽은 목숨이었는데, 놀랍게도 살아난 것이다. 한 달쯤 의원에 입원했던 공 영감은 몸을 움직일 만하게 되자 지팡이를 짚고 절룩거리며 사라졌다. 그 후 1년 남짓 보이지 않다가 최근에야 모습을 드러냈는데, 쌍돛이 달린 돛단배를 타고 동해 인근 섬들과 육지를 오가며 약과 잡화를 파는 잡화상 노릇을 하고 있었다.

그날의 사건은 인근 해역 어부들 사이에서 지난 일 년 내내 회자되었다. 사고로 피해를 입은 공 영감에 대한 동정 때문이 아니었다. 그가 사고를 당해도 싸다고 여긴 어부들이 바다의 복수극 같은 결말에 통쾌함을 느꼈기 때문이었다. 어찌 보면 어부가 바다에서 목숨을 잃는 건 숙명이었기에 특별할 게 없었다. 바다에서 태어나 바다에서 일한 이가 바다로 돌아가는 건 농부가 흙으로, 심마니가 산으로 돌아가는 것과 별반 다르지 않았다. 한데 공 영감은 바다를 훼손하고 그 속의 생명을 유린하는 자로 악명이 높았기에, 어부들은 언젠가 바다가 공 영감에게 벌을 내리기를 은근히 바라고 있었다. 공 영감이 이토록 어부들의 분노를 산 주된 이유는 물개의 일종인 강치 가죽 때문이었다.

강치 가죽은 여느 동물의 가죽과 달리 비단처럼 고왔다. 그래서 일본인들은 강치 가죽으로 고급 가방을 만들거나 차를 마실 때 물을 뜨는 찻물 바가지를 만들었다. 수놈 이빨을 뽑아 반지를 만들어 팔기도 했고, 두툼한 지방에서 기름을 짜내기도 했다. 강치의 인기에 날개를 달아 준 것은 파리에서 열린 만국 박람회였다. 한 일본인이 강치 가죽으로 만든 고급 가방을 만국 박람회에 출품했는데, 덜커덕 금상을 받은 것이다. 이후 일본에서 강치는 이른바 '바다의 노다지'가 되었고, 강치 한 마리 값이 황소 열 마리 값만큼 뛰었다. 문제는 강치를 너무 많이 잡아들여 일본 해역에서 그 씨가 말라 버렸다는 점이었다. 어부로 위장한 일본 상인들이 본격적으로 조선 해역을 침범하기 시작한 것도 그때쯤이었다.

그들은 독도에 눈독을 들였다. 독도는 약 5만여 마리의 동해안 강치들이 길을 멈추고 쉬어 가는 강치의 천국이었다. 불과 몇 년 전까지만 해도 어부들은 배를 타고 다가가도 도망가지 않는 독도의 강치들을 손을 뻗어 쓰다듬을 수 있었다. 인간도, 강치도 서로 특별히 경계심이 없었다. 강치는 돌고래만큼 머리가 좋았지만 돌고래처럼 먼바다에 살지 않았다. 해안가나 가까운 섬의 바위 등 인간의 코앞에서 살았다. 인간과 강치 사이에 시간이 조금만 더 주어졌다면, 서로가 서로의 친구로 공생할 수 있었을 것이다. 산과 들에서 인간이 개를 데리고 꿩 사냥을 하는 것처럼 바다에서 강치를 데리고 물고기 사냥을 하게 되었을지도 모른다. 그러나 인간은 단 한 순간도 기다리려 하지 않았다. 미래의 생장보다 현재의 약탈이 중요했다. 자신의 대에 모든 것을 가져야만 했다. 그 결과 인간은 자연이 얼마나 많은 것을 품고 있는지 미처 알기도 전에 닥치는 대로 파괴했다. 강치도 예외가 아니었다. 몇 년 지나지 않아 독도의 강치는 멸종되었다.

강치 사냥은 무력시위를 벌이듯 무리 지어 다니는 몇몇 일본 선단의 몫이었다. 그들은 강치 떼를 찾아 동해안을 샅샅이 뒤졌다. 배 여러 척에 나눠 타고 떼거리로 몰려다녔기에 동해안 어부들은 그들의 살벌한 기세에 눌려 변변한 항의조차 할 수 없었다. 그들은 강치 떼가 쉬고 있는 섬을 발견하면 거침없이 상륙해서 강치를 잡아 현장에서 바로 가죽을 벗겼다. 벗긴 가죽은 차곡차곡 쌓아서 일본으로 가져가 가방 만드는 업자들에게 팔았다. 몸통의 지방은 따로 발라내어 기름을 짰다. 살과 뼈는 바다에 버리거나 비료로 썼다. 생김새가 유독 귀엽고 예쁜 새끼 강치를 발견하면 산 채로 데려가 서커스 극단에 팔기도 했다. 그들은 아무 권리도 없는 일본의 지방 정부를 통해, 동해에서 어업 행위를 해도 된다는 허가서를 엉터리로 만들어 들고 왔다. 그들은 어부가 아니라 해적이었다. 장사꾼이 아니라 도둑이었다.

공 영감은 그런 도둑의 앞잡이였다. 그는 동해를 건너온 일본 상인들을 강치 떼가 있는 섬까지 안내하는 일을 도맡아 했다. 그 대가로 그들이 잡은 강치 가죽의 일부를 건네받았다. 공 영감은 일본 상인으로부터 받은 가죽을 자신의 배에 싣고 일본으로 가져가서 되팔았고, 자신의 뒷배를 봐주는 일본의 지방 관리와 이익금을 나누었다. 그 지방 관리는 애초에 일본 선단에 엉터리 어업 허가서를 만들어 준 자였는데, 강치 사냥을 떠나는 자들에게 공 영감을 소개하고 양쪽에서 돈을 받아 챙겼다. 바다 건너편에서 잡힌 강치는 그렇게 얽히고설킨 먹이 사슬을 통과하며 조각조각 분배되었다. 이러한 먹이 사슬의 한 축을 맡고 있었기에, 공 영감은 인력이나 선단이 없이도 동해를 건너 일본에 오가며 장사를

할 수 있었다.

동해안 어부들은 강치를 마구 죽여 씨를 말리는 일본인들에게 비분했다. 동시에 그들의 만행을 제지할 힘도, 의지도 없는 대한제국 관리들의 모습에 강개했다. 그리고 무엇보다 이러한 광경을 보고도 누구 한 사람 나서지 못하는 자신들에게 절망했다. 울분을 삼키는 대신 300여 년 전 독도를 지켜 낸 조선의 어부 안용복처럼 호통을 쳤으면 좋았으련만, 오래된 기상은 대한제국의 국운과 함께 시들어 버렸고 자기 몸 하나 건사하기도 벅찬 시절이었다. 열패감과 무력감, 이것이 어부들을 지배하는 감정이었다. 이와 더불어 모두가 품고 있지만 아무도 드러내지 않는 은밀한 감정이 있었다. 그것은 부러움이었다. 어부들은 공 영감을 욕했지만 동시에 공 영감처럼 되기를 원했다. 겨우 생선 몇 마리 잡기 위해 허리가 새우처럼 굽도록 평생을 바다에서 일하는 대다수의 어부들에게, 자신들보다 좋은 배를 타고 일본인들과 어깨를 나란히 하는 국제적 장사꾼이 된 공 영감이야말로 시기와 질투, 동경과 선망을 동시에 받는, 자신들의 욕망이 투사된 인물이었다.

덕무는 강치들이 학살되는 현장을 두 눈으로 직접 목격했다. 배가 울릉도를 지나는데 비릿한 악취가 서풍에 실려 왔다. 동쪽으로 배를 움직일수록 황적색으로 변한 바다 위로 처참하게 찢긴 강치 사체들이 둥둥 떠내려왔다.

"대체 얼마나 많이 잡아 죽였기에 바다의 색마저 달라졌단 말인가!"

울분에 북받친 덕무는 바다 위를 부유하는 피의 흔적을 좇아 동쪽으로 배를 몰았다. 독도에 도착한 그의 눈앞에 펼쳐진 처참한 광경은 인간의 말로 다 옮길 수 없는 지옥 그 자체였다.

지난 수백 년간 강치 떼가 쉬어 가던, 그래서 강치들의 천국으로 불리던 그곳에서 대학살이 벌어지고 있었다. 맨몸뚱이에 좁고 긴 천으로 음부만 겨우 가린 사내들이 바위섬을 가득 덮은 강치 떼 사이를 헤집고 다니며 칼과 쇠망치를 휘두르고 있었다. 갈라진 강치의 배에서 쏟아져 나온 내장과 깨진 머리에서 흘러나온 뇌액이 바위를 뒤덮었다. 강치들이 흘린 피가 바위를 타고 흘러내려 섬 주변은 글자 그대로 피바다로 변해 버렸다. 피 칠갑한 반벌거숭이 모습으로, 피로 미끈거리는 바위를 뛰어다니다 제풀에 미끄러져 자빠지는 이들의 얼굴은 눈앞의 노다지에 눈이 멀고 넋이 나간 듯, 술에 취한 것처럼 벌겋게 들떠 있었다. 강치들은 가족끼리 몰려 있다가 순서대로 죽어 나갔다. 덩치가 황소만 한 아비 강치는 총으로 머리를 쏴 치명상을 입힌 후 칼로 옆구리를 쑤셔 죽여 잡았다. 어미와 새끼는 그물을 쳐서 한꺼번에 잡은 후 무거운 쇠망치로 머리를 쳐 죽였다. 어미는 홀로 자리를 피하거나 바다로 도망가지 않았다. 마지막 순간까지 새끼의 곁에서 필사적으로 짖어 댔다. 그러나 돌아오는 건 쇠망치 세례였다. 쇠망치가 공기를 가르면, 빠걱 하며 박이 깨지는 소리가 났다. 곧이어 사방으로 피가 튀며 갈라진 어미의 머리뼈에서 누런 뇌가 흘러나왔다. 어미 강치가 쓰러지면 두 사람이 달려들어 날이 선 갈고리 모양의 칼 두 개를 강치 이마에 각기 반대 방향으로 꽂고, 하나는 머리 쪽으로, 다른 하나는 꼬리 쪽으로 잡아당겨 가죽을 벗겼다. 어미가 피 벌거숭이가 되는 동안 새끼 강치는 어미 곁을 떠나지 않고 목이 찢어져라 울었다. 새끼 강치를 잡는 데는 한 사람이면 족했다. 한 팔로 꼬리를 잡아 거꾸로 들어 올리고, 다른 팔로 이마에 갈고리를 꽂아 가죽을 벗겼다. 산 채로 가죽이 벗겨진 강치들은 피투성이 알몸뚱이가 되어 버둥거렸다. 그날은 강치 수가 너무나 많아 배에 가죽만을 싣기도 버거웠기에, 일본인들은 가죽을 벗기고 몸통만 남은 강치들을 바위 위에 방치하거나 바다에 던져 버렸다. 바다는 끔찍하고 처참한 광경에 욕지기라도 하듯이 붉은 피눈물을 하염없이 토해 냈다. 한때 강치들의 천국이었던 독도는 지옥으로 변했다.

그날, 덕무는 피바다가 된 지옥 한가운데서 정신없이 뛰어다니는 벌거숭이들 틈에 섞여 막 벗겨 낸 강치 가죽을 차곡차곡 배에 싣는 한 조선인을 보았다. 피비린내 나는 현장에서 가죽을 싣는 내내 비릿한 웃음을 머금던 그자는 공 영감이었다. 공 영감이 바다에서 사고를 당해 불구가 된 것은 그로부터 닷새 후였다.

*

그런 공 영감이 덕무를 찾아왔다. 공 영감은 쌍돛 아래로 잡화를 가득 실은 배를 오리 바위에 대어 놓고, 지팡이를 짚고 턱, 턱 외발로 오르막을 올라 덕무의 집까지 힘겹게 걸어왔다. 공 영감과 별 인연이 없었던 덕무는 그의 갑작스러운 방문에 의아해했지만, 공 영감은 그저 지나가는 길에 들렀는데 때마침 영실에게 필요한 약을 가지고 있다며 대수롭지 않게 말했다.

마른 수건을 쥐어짜듯 가슴을 비틀며 헐떡이는 영실을 지켜보던 공 영감이 품속에서 무언가를 꺼냈다. 아주 오래되어 보이는, 엄지손가락보다 조금 큰 호리병이었다. 병을 거꾸로 기울여 주둥이에 숟가락을 대어 놓고 한참을 기다리니, 쌀 한 톨만큼 작은 기름이 한 방울 또르르 굴러 나왔다. 공 영감은 누리끼리한 기름을 흘릴세라 얼른 영실의 입에 찔러 넣어 주었다. 덕무는 잡화나 팔러 다니는 공 영감이 어디서 왔는지 모를 정체불명의 약을 영실에게 먹이는 것을 막지 않았다. 더 이상 기댈 곳이 없기 때문이었다. 밑져야 본전이라는 심정이었다. 의원들이 고치지 못한다고 손을 든 마당에 지푸라기라도 잡아야 했다. 치료해 준다는 사람이 있으면 지옥에라도 쫓아갈 참이었다. 줄 수만 있다면 자신의 폐를 영실에게 떼어 주고 싶었다. 그게 숨 못 쉬는 딸을 바라보는 아버지의 마음이었다.

누런 기름 한 방울이 영실의 몸에 들어가고 몇 분 후, 기적 같은 일이 벌어졌다. 숨을 못 쉬어 삶과 죽음을 오가던 영실이 곧 거짓말처럼 쌔근쌔근 숨을 쉬며 잠이 든 것이다. 눈물 흘릴 새도 없이 숨 가빠하던 고통이 사라지자, 오랜만에 고이 잠든 영실의 눈꺼풀 사이로 한 줄기 눈물이 흘러내렸다.

믿기지 않는 광경을 눈앞에서 목격한 덕무는 공 영감이 영실에게 먹인 그것이 마취약이나 독약이 아닐까 의심했다. 분명 육지의 의원들은 폐에 구멍이 숭숭 뚫린 이 병에는 약이 없다고 했다. 병에는 죽을병과 살 병이 있는데 영실의 병은 고칠 수 없는 죽을 병이라고 했다. 그런데 공 영감이 준 누런 기름을 단 한 방울 먹었을 뿐인데, 지난 십여 일간 밤낮으로 끊이지 않던 기침과 숨 가쁨을 멈추고 곤히 잠든 것이다. 공 영감은 기름 한 방울의 약효가 대략 사흘쯤 지속될 거라고 했다. 아무리 좋은 영약도 병을 완치하려면 약 수저로 한 수저씩 칠 일은 먹어야 하는데, 방금 영실에게 먹인 기름이 마지막 남아 있던 한 방울이라고 했다. 그 기름이 무어냐고 묻는 덕무에게 공 영감은 '어유'라고 짧게 답했다. 어유가 폐병을 고칠 수 있다니 금시초문이었다. 상어, 명태나 대구의 창자에서 짜낸 기름이 빈혈증이나 어지럼증에 좋다는 얘기는 들어 봤지만, 구멍 뚫린 폐를 고친다는 말은 처음 듣기 때문이었다. 하지만 그게 무엇이건 상관없었다. 영실이 편안히 숨 쉬며 잠드는 모습을 보았으니, 이 어유가 딸을 살릴 수 있는 유일한 묘약임이 분명했다.

곤히 잠든 영실을 보고 덕무만큼 기뻐한 사람은 영득이었다. 영득은 지난 열흘, 혹여 누나를 잃을세라 어린 가슴을 졸이며 노심초사했다. 엄마를 잃은 세상에서, 제겐 엄마 같은 누나마저 잃는다면 더는 살아갈 희망이 없다고 느꼈기에, 영득은 밤이고 새벽이고 누나 방으로 건너가 누나의 숨이 붙어 있는지 확인하곤 했다. 누나가 다 나은 거냐며 기뻐 묻는 영득을 방에 남긴 채, 덕무는 공 영감의 팔을 잡아끌며 마당으로 나왔다. 그리고 어유에 대해 자세히 물었다. 무슨 생선에서 짜낸 기름이며 어디서 구할 수 있는지 다그쳐 묻는 덕무를 공 영감은 한동안 말없이 쳐다보았다. 대답을 기다리다 지친 덕무는 무슨 생선 기름인지 알려 달라며 다시 재촉했다. 말해도 모를 것이라며 어차피 더는 구할 수 없는 기름이니 잊어버리라는 공 영감의 부질없는 답에, 참을성이 다한 덕무가 버럭 소리를 질렀다.

"이런 젠장! 구하고 못 구하고는! 하늘이 정하는 거 아니오! 사람은 노력을 하는 거고, 정하는 건 하늘이 하는 건데 왜 영감님이 지레 못 구한다고 하시오! 어서 말하시오. 니가타현에 가면 구할 수 있소? 청나라에 가야 구할 수 있소? 아니면 아라비아라도 가야 하오? 내 지옥이라도 쫓아갈 것인즉 당장 말하시오. 영실이에게 먹인 것이 무슨 생선 기름인지, 어디 가야 구할 수 있는지!"

덕무는 영실을 살릴 수 있다면 불바다에도 뛰어들 각오가 되어 있는데, 대체 그것이 무슨 생선이기에 아예 못 구한다고 단정 짓는지 이해할 수 없었다. 혹여 심해에 살다가 바다에 지진이라도 나야 한 번씩 얕은 물로 올라오는 산갈치나 고래상어라도 된단 말인가? 주춤주춤 뒷걸음치는 것처럼 말을 할 듯 말 듯, 주저하던 공 영감은 마침내 알쏭달쏭한 표정을 거두고 정색하며 말했다.

"무슨 생선 기름인지 말하라니? 내가 언제 생선 기름이라고 했는가?"

"방금 어유라고 하지 않았소?"

"이봐, 박 씨. 어유라고 해서 꼭 생선 기름이라는 법은 없지 않나? 넓고 깊은 바다 속에 물고기만 사는 건 아니니 말이야."

바다에 살기는 하는데 물고기가 아니라면 무엇이란 말인가? 강치? 늙은 거북? 물뱀장어? 앞 모르고 다그치기만 하던 덕무는 한 발 뒤로 물러섰다.

"알았소. 물고기가 아니라고 칩시다. 내 그걸 좀 삽시다. 어디

가면 살 수 있소? 내 집을 팔아서라도, 배를 팔아서라도 사서 영실이 병을 이참에 완전히 고쳐 놔야겠소."

"돈으로 살 수 있는 게 아니라니까."

"이 세상에 살 수 없는 게 어디 있소? 그것이 정말 살 수 없는 거라면 영감님은 그것을 어디서 구했소?"

덕무는 애가 타서 성급히 반문했다.

"그 기름은 우리 조상 대대로 전해 내려온 거야."

"조상 대대로라면?"

"신라 때부터."

신라 시대 때부터라는 말에 놀라 말문이 막힌 덕무가 침을 꿀꺽 삼키고 말했다.

"그러니까 영실이한테 방금 먹인 그 기름이 신라 때 만들어진 것이란 말이오?"

작게 고개를 끄덕인 공 영감이 잠시 뜸을 들인 후 결심한 듯 말했다.

"그 기름은 지금으로부터 천이백 년 전에 만들어진 것일세. 선친들이 많이 아플 때 한 방울씩 입에 털어 넣었다고 들었지. 내가 물려받았을 때는 병 밑바닥에 새끼손톱만큼 남아 있었어. 죽을병도 고친다는 말을 믿지 않아서 약효도 믿지 않았지만 조상에게 물려받은 것이니 버리지 못하고 보관했는데, 결국 그 기름 덕분에 나도 살았지."

"그 덕분에 살다니요?"

"바다에서 상어한테 물렸을 때 말이야."

공 영감이 손이 없는 오른팔을 허공에 들어 보이며 말했다.

"그럼 그리 빨리 회복된 것이…… 이 기름을 마시고?"

사실 그 사고가 났을 때 사람들이 가장 놀랐던 건 공 영감의 말도 안 되게 빠른 회복력이었다. 몸속의 피를 전부 쏟은 채 송장과 다름없는 상태에서 발견되었기에 그를 건진 어부도, 진료한 의원도 공 영감이 소생할 가능성은 없다고 여겼다. 오죽했으면 사람들이 시체를 매장하려 땅을 파고 있었을까. 그랬던 공 영감이 불과 한 달 남짓 앓더니, 훌훌 털고 자리에서 일어나 외발로 걸어 사라져 버렸던 것이다.

"아침 공복에 한 방울씩 일주일을 먹었네. 그랬더니 열이 가라앉고, 떨어져 나간 손과 다리의 상처가 곪지 않고 커다란 딱지가 앉았지. 딱지가 떨어진 후에는 새 뼈와 살이 자라기 시작했고. 믿기지 않겠지만 지금도 조금씩 자라고 있어. 작년 한 해 동안 손가락 한 마디쯤 돋아났으니 한 십 년쯤 지나면 제구실을 하게 될 걸세."

덕무는 공 영감의 말을 곧이곧대로 다 믿을 수 없었다. 특히 잘려 나간 손과 다리에서 뼈와 살이 자라고 있다는 말이 더욱 그랬다. 몇 년 후, 지금보다 회복된 손과 다리를 눈으로 확인한다면 모를까 당장은 믿기 어려운 말이었다. 그러나 모두가 죽는다고 했던 공 영감이 기름을 마시고 살아난 것만은 사실이었다. 그것으로 충분했다. 팔다리가 잘려 나가며 생긴 몸의 구멍을 막을 수 있다면 폐에 뚫린 구멍도 막을 수 있는 영약이 아닌가. 죽어 가는 딸 영실을 살릴 수 있는 유일한 약이 바로 이 기름이라는 확신이 들었다. 덕무가 공 영감의 어깨를 잡아 세우고 두 눈을 맞춘 뒤 또박또박 힘주어 물었다. 그의 굳은 표정과 나지막한 목소리에는 진실만을 말하라는 무언의 압력이 담겨 있었다.

"말해 주시오. 기름을 더 구할 수 있소?"

"마지막 한 방울을 방금 자네 딸이 마셨어. 자네도 보지 않았나?"

공 영감은 입맛을 쩝 하고 다시며 덕무를 흘깃거렸다. 그제야 덕무는 공 영감의 얼굴을 처음으로 제대로 쳐다보았다. 그러고 보니 공 영감과 가까이에서 눈을 마주친 적이 한 번도 없었다. 그럴 정도로 가까운 사이도 아니었고, 말을 섞거나 일을 함께 한 적도 없기 때문이었다. 공 영감의 눈은 한마디로 기이했다. 전체적으로 파르스름한 기운이 돌아 차갑게 느껴지는 눈의 흰자 표면에, 오래된 구리 동전에 생길 법한 동록이 여기저기 피어 있었다. 눈동자는 검은색이나 밤색이 아닌 고동색에 가까웠다. 깊이를 알 수 없는 우물처럼, 그의 눈동자에는 알 수 없는 기운과 녹슨 세월이 스며 있었다. 검버섯 피고 전체적으로 주름진 얼굴 또한 예사롭지 않았다. 여느 노인들처럼 눈 밑은 반달 뒤집어 놓은 것처럼 처졌고, 양미간에는 내 천 자로 팬 주름이, 입 주변에는 팔 자 주름이 나 있었지만 이상하게도 그 주름들이 쭈글쭈글해 보이지 않았다. 분명 주름 자국이 있는데 억지로 잡아당겨 편 것처럼 전체적으로 피부가 탱탱해 보였다. 이빨도 남달랐다. 나이를 정확하게 추측할 수는 없지만, 예순은 훌쩍 넘었을 공 영감의 이빨에 누렇고 시꺼먼 세월의 때가 밴 것은 여느 노인들과 다를 바 없었다. 그런데 신기한 것은 적게는 서너 개, 많게는 전부 이가 빠져야 정상일 만큼 늙은 나이에도 이빨이 한 개도 빠지지 않고 고스란히 박혀 있다는 사실이었다. 가장 기이한 것은 안색이었다. 마른 얼굴에 피가 지나치게 많이 돌았다가 안 돌았다가를 반복하는 양, 안면 홍조가 심해졌다가 해파리처럼 푸르스름해졌다가를 반복했다. 아무튼 보기 드물게 기묘한 얼굴이었다.

천 개의 질문 중 단 하나만 허락된다면 어떤 질문을 해야 할까? 단연코 '왜'라는 질문이다. '왜'는 목적이 아닌 동기를 묻는 것이고, 끝을 조준하는 것이 아니라 시작을 가리키는 것이기 때문이다. 결국 '왜'는 '너의 의도는 선하냐, 악하냐?'를 묻는 것과 같다.

덕무는 공 영감과 눈이 마주친 지금 이 순간, 당연히 물었어야 했다.

"영감, 왜 나를 찾아온 거요? 왜 구할 수도 없는 영약의 마지막 한 방울을 내 딸에게 먹였소?"

아무리 불편해도, 아무리 묻기 싫어도 물어서 공 영감의 근본이 무엇인지, 의도가 무엇인지 먼저 알아보고자 노력했어야 했다. 그러나 그런 질문을 하기에는 영실의 병이 너무 위중했다. 의도가 무엇이든, 동기가 선하든 악하든, 지금 덕무에게는 결과가 중요했다. 공 영감이 준 기름이 영실을 살릴 수 있다면 일단 더 구해서 먹이고 볼 일이었다. 불이 났는데 불부터 안 끄고 불이 왜 났는지 먼저 따질 수는 없는 것처럼, '왜'라는 질문을 생략한 채 덕무는 공 영감과 거래를 시작했다.

"기름을 더 구할 수 있도록 도와주면 내 무슨 일이라도 하리다."

"풋!"

코웃음 치는 공 영감의 모습 위로 일 년 전, 독도에서 비릿하게 웃던 얼굴이 겹쳐졌다.

"무슨 일이라도 하겠다고?"

"죽으라면 죽는시늉이라도 하겠소."

"죽는시늉을 한다? 그럼 기름을 얻기 위해 죽을 각오도 되어 있는가?"

"한 입으로 두말하지 않겠소. 내 딸 영실이를 살릴 수 있다면 어디든 가서 무엇이든 할 것이오."

"그럼 이 자리에 누워 죽는시늉을 해 봐."

공 영감은 상대방이 무슨 말을 할지 이미 아는 것처럼 덕무의 말이 끝나기 무섭게 받아쳤다.

"뭐요?"

"이 자리에 엎어져 죽는시늉을 해 보라고."

농을 치는가 싶어 쳐다보니 공 영감의 얼굴은 사뭇 진지하다 못해 엄중했다.

덕무는 고개를 돌려 방 쪽을 보았다. 영득이 방문을 빼꼼히 열고 내다보다가 눈이 마주치자 얼른 방문을 닫았다. 덕무는 무릎을 굽히고 땅바닥에 꿇어앉았다. 어제 내린 비로 질척해진 땅에 무릎이 곧 축축해졌다.

"이제 됐소?"

덕무가 물었다.

"무릎 꿇고 앉아 죽는 사람도 있나?"

덕무는 마지못해 진흙 바닥에 넙죽 엎드렸다.

"코를 땅바닥에 박아야지. 죽은 놈이 고개를 들고 있을 리는 없지 않은가."

공 영감이 내뱉었다.

덕무는 고개를 비틀어 공 영감을 올려다보았다. 아래서 올려다본 공 영감의 표정에서 웃음기라곤 찾아볼 수 없었다. 덕무는 질척한 땅에 고개를 처박았다. 얼굴이 진흙 범벅이 되었다.

"엎드린 채로 듣고 대답하게. 자네는 죽는시늉을 했네. 그러니 죽은 거야. 맞지?"

"맞소."

"그럼 이제부터 내가 하는 이야기는 산 사람이 아니라 송장에게 말하는 거니, 다른 사람에게 옮겨지는 일은 절대로 없을 거야. 송장이 말을 할 리는 없으니까. 맞나?"

"맞소."

"이제 얼굴을 하늘로 향하고 바로 돌아눕게."

돌아누운 덕무는 소스라치게 놀랐다. 공 영감이 덕무를 내리찍을 듯이 지팡이를 치켜들고 서 있었고, 쇠 징을 박은 지팡이 끄트머리가 덕무의 목젖을 겨누고 있었다.

"이게 무슨 짓이오? 왜 이러시오?"

덕무가 당황해서 소스라치며 물었다.

"박 씨, 자네 약속할 수 있겠나? 내가 지금부터 하는 이야기를 그 누구에게도 말하지 않겠다고."

"약속하오. 그러니 지팡이를 거두시오. 위험하잖소!"

공 영감은 덕무의 마음속을 송두리째 읽으려는 양, 미동 없이 물끄러미 내려다보다가 명령하듯 말했다.

"일어나."

온통 진흙투성이가 된 덕무가 양팔을 뒤로 짚어 주섬주섬 몸을 일으켜 세우며 말했다.

"죽는시늉까지 했으니 이제 난 뭘 얻을 수 있소?"

"그건 내가 답할 수 있는 게 아니지. 뭘 얻을지는 지금부터 자네가 하기에 달려 있네. 박 씨 자네 입으로 말하지 않았나? 사람은 노력할 뿐이고, 정하는 건 하늘이라며? 내가 답할 수 있는 건 이거야. 만약 자네가 그걸 잡아 오는 데 성공한다면, 난 그것을 자네와 공평하게 절반씩 나눠 가질 거야. 만약, 약속을 어기고 비밀을 발설하면 자네는 진짜 송장이 될 걸세. 동의하나?"

송장이 될 것이라는 공 영감의 말이 날 선 칼이 되어 목을 겨누는 듯했다. 덕무는 고개를 끄덕였다. 이윽고 입을 연 공 영감은 믿기지 않는 이야기를 들려주었다. 27대를 거슬러 올라간 자신의 선조 공랑이 천이백 년 전에 겪은 실화라고 했다.

2장

믿기 어려운 이야기를 듣다

서기 700년, 강원도 통천의 바닷가 마을.

후대에 소빙하기로 명명된 큰 추위가 강원도에 닥쳤다. 바다를 얼려 버릴 것 같은 맹렬한 추위가 4월에 서리를 내려 봄 농작물을 모조리 얼려 죽였다. 엎친 데 덮친 격으로 그해에 동해안에 큰 태풍이 자주 오는 바람에 많은 사람들이 죽거나 굶주렸다. 논밭은 빙판이 되었고, 거친 파도가 연일 으르렁대니 바다에 배를 띄울 수도 없었다. 농부들은 농사를 못 짓고, 어부들은 물고기를 못 잡으니 모두 꼼짝없이 굶어 죽을 판이었다. 나무껍질을 벗겨 끓인 죽으로 허기를 면하기를 며칠, 소년은 굶어 죽기만 기다릴 수는 없어 무작정 바닷가로 나갔다. 해안으로 떠밀려오는 거북이라도 잡아 구워서, 홀어머니와 세 동생들에게 먹일 생각이었다. 이 열 살 소년의 이름은 공랑이었다. 성난 바닷가에는 거친 파도가 거품을 토해 내며 밀려들었다. 살을 엘 것 같은 칼바람에 이어 몸을 날려 버릴 것 같은 회오리바람이 불어오자, 해안가 바위 절벽으로 몸을 피한 공량은 바위와 바위 사이에 깊게 벌어진 틈을 발견했다. 몸뚱이 하나 겨우 비집고 들어갈 정도로 좁은 틈이었는데, 막상 들어가 보니 어른이 허리를 꼿꼿이 세우고도 머리통 한 개는 남을 만큼 높았고, 양쪽에 어깨를 안 부딪히고 한 사람은 거뜬히 지나갈 만큼 폭도 넉넉했다. 그것은 절벽에 숨겨진 동굴의 입구였다.

천장에 군데군데 뚫린 바위틈으로 하늘이 보였다 안 보였다 했는데, 거기로 들어오는 빛 덕분에 넘어지지 않고 어두운 동굴 속을 걸을 수 있었다. 공량은 혹시나 길을 잃을까 싶어 동굴 입구부터 걸음의 숫자를 세었다. 오백 보 조금 넘게 세었을 때 비좁은 통로가 넓어지더니 여느 집 뜨락만 한 공간이 나왔다. 사방을 에워싼 바위 벽 중 제일 너른 벽면에 암벽화가 그려져 있었다. 바다였다. 암벽화 속 바다에서도 바람이 부는 듯 파도가 높고 거칠었다. 파도 위에 커다란 배가 한 척 떠 있었다. 배 위에는 처음 보는 제복을 입은 사람들이 있었는데, 기다란 막대기로 바다 속에서 사람을 건져 올리고 있었다. 그 사람은 물에 빠져 죽은 듯 이미 축 처져 있었다. 그런데 바다 밑바닥에도 사람들이 그려져 있었다.

장대기에 걸려 올라가는 사람을 올려다보는 아이 둘이었다.

'어찌 바다 속에서 아이들이 숨 쉬고 살아 있나, 참 이상한 그림이네.'

공랑은 속으로 중얼거리며 암벽화를 지나 계속 걸었다. 뜨락을 지나 다시 좁아진 통로가 길게 이어졌다. 천이백오십 보까지 세었을 때 소년의 시야가 점차 밝아지며 동굴의 출구가 보였다.

동굴 밖으로 나가니 하늘처럼 푸르고 너른 호수가 펼쳐졌다. 바위 천장 틈 사이로 쪼개져 내려오는 수십 조각의 빛이 푸르스름한 진줏빛 물결에 반사되어 보석처럼 반짝였다. 호수는 동굴 밖의 성난 바다와는 딴판으로 고요하고 잠잠했다. 마치 거짓말같이 존재하는 또 다른 세상이었다. 손을 넣어 진주 빛깔 물을 한 움큼 쥐어 보니, 차디찬 물이 옥구슬 구르듯 손 안에서 또르르 구르다가 조각조각 부서져 공랑의 손가락 사이로 빠져나갔다. 손바닥으로 수면을 찰싹 때려 보았다. 물보라가 튀면서 잔 물방울이 흩어졌다. 잔 물방울 하나하나가 반짝이는 광물질처럼 선명했다. 바위 천장 틈새를 비집고 들어온 빛 조각이 물방울에 반사되어 영롱하게 빛났다. 소년은 양 손바닥을 펼쳐 수면을 연달아 강하게 때렸다. 찰싹찰싹, 철썩철썩. 소리 나는 대로 물거품이 생겼다가 꺼지고, 부풀다가 터지기를 반복했다. 오색찬란한 물 무지개가 떴다가 사라지고, 파장이 만든 물결이 수면에서 춤을 췄다. 소년이 손바닥 장난을 멈추자 다시 정적이 찾아왔다. 사람은 고사하고 새나 동물, 심지어 나비나 벌 한 마리 없는 비현실적으로 적요한 곳이었다.

그때 멀지 않은 수면에 작은 물보라가 일렁이더니, 무언가가 문득 물 위로 떠오르다가 급하게 가라앉았다. 얼핏 보기에 호박 덩어리 같기도 하고 거북이 등껍질 같기도 하다고 생각하는 찰나, 이번에는 조금 전보다 더 바특한 지점에서 떠올랐다. 잠방거리는 소리와 함께 물 위로 머리를 내민 것은 어린아이의 동그란 머리통이었다. 깜짝 놀란 공랑이 뒷걸음치다 엉덩방아를 찧으며 주저앉으니 아이도 놀라 물속으로 쏙 들어가 버렸다. 열 살 혹은 그 아래로 보이는 아이였다. 깊은 절벽 동굴 속 숨겨진 호수, 얼음처럼 차가운 물속에서 어린아이의 얼굴이 떠오르다니, 틀림없이 귀신이거나 시체일 게 분명했다. 그러고 보니 동굴 안에 호수가 있는 것도 말이 안 되었다. 공랑은 필연코 배가 고파 헛것이 보이는 것이라 여기며 뒤돌아섰다. 발길을 돌리려는데, 풀피리 소리 비슷한 소리가 뒤에서 삘리리 들려왔다. 다시 뒤돌아 소리 내는 그것을 마주 보고 싶었지만 돌아볼 수 없었다. 또, 그냥 걸음을 재촉해 그 자리를 떠나고 싶었지만 발걸음을 앞으로 뗄 수도 없었다. 뒤를 돌아보기에는 사람인지 귀신인지 모를 생전 처음 조우한 생명체가 너무나 생소했고, 그 자리에서 도망치자니 꿈속같이 이채로운 이곳이 바람처럼 꺼져 버릴까, 꿈처럼 깨 버릴까 염려되었다. 동굴이며, 동굴 속 호수며, 호수 속의 아이며……. 소년이 오롯이 감당할 수 없는 이 상황은 공량에게 한 가지 사실을 말해 주고 있었다. 지금부터 소년 공량에게 아주 특별한 일이 벌어질 것이라는 사실이었다.

태풍이 지나간 다음 날, 소년은 그곳을 다시 찾았다. 안개에 덮인 호수를 정적이 감싸고 있었다. 공량은 호숫가 바위 턱에 걸터앉아 안개가 걷히기를 기다렸다. 배 속에서 꼬르륵 소리가 개구리 울음처럼 연달아 들렸다. 태풍은 지나갔지만 추위는 그대로였다. 언 땅에 끝까지 붙어 있던 죽은 작물과 꽁꽁 언 열매마저 태풍이 모두 쓸어가 버린 탓에 마을에는 먹을 것이 없었다. 파도가 아직도 높아 배가 뜰 수 없다 보니 모든 마을 사람이 배를 곯고 있었다. 안개가 걷히고 옥빛 호수가 푸르스름한 얼굴을 드러내자 공량은 품에서 얇고 넓적한 버드나무 풀잎을 꺼내 들어, 양 끝을 엄지와 검지로 살짝 잡아당기며 입술로 물었다. 아랫입술은 풀잎을 완전히 막고 윗입술은 살짝 떨어지도록 벌린 다음, '후' 하고 바람을 불자 입술에 문 풀잎이 가늘게 떨리며 삘리리 소리가 났다. 지난번, 뒤돌아선 공랑의 뒤통수에 들렸던 삘리리 소리와 흡사한 풀피리 소리였다. 공랑이 부는 풀피리 소리가 안개를 뚫고 호수 저편까지 멀리 퍼져 나갔다. 호수 반대편에서 무슨 소리가 들리는 듯하여 소년은 귀를 기울였다. 그것은 작은 풀피리 소리였다. 누군가 공랑의 풀피리에 답을 하는 것 같았다. 풀피리 소리는 금방 그쳤다. 그리고 다시 적막이 흘렀다. 잠시 후, 호숫가에 서 있는 공랑으로부터 스무 걸음이나 떨어졌을까. 얼굴을 알아볼 만큼 가까운 지점에서 한 아이가 수면 위로 얼굴을 드러내었다.

가냘프고 곱상한 얼굴 모양으로 보아 여자아이 같았다. 아이는 머리카락이 한 올도 없는 민머리였다. 갸름한 얼굴에 도톰한 입술은 푸르스름하면서도 자줏빛을 띠었는데, 입술 꼬리가 위로 살짝 들려 언뜻 보면 키득거리며 웃는 듯이 보였다. 긴 속눈썹이 엽전처럼 반쯤 덮은 동그란 눈동자는 숯처럼 검었다. 콧마루는 오뚝 섰는데 콧구멍은 보이지 않았다. 피부색은 옅은 푸른 기운이 도는 살색이요, 등에는 흑 빛깔의 얼룩무늬가 보였다. 입술을 오므려 소리를 낼 때마다 풀피리같이 가느다랗게 떨리는 소리가 수면 위로 곱게 퍼져 나갔다.

소년이 조심스럽게 한 걸음 다가가니 아이는 물속에서 한두 걸음 뒷걸음쳤다. 아이는 경계를 풀지 않고 적당한 거리를 유지하려는 듯했다. 공랑이 멈추니 아이도 멈췄다. 공랑이 그 자리에서 주저앉으니 아이도 물속으로 주저앉았다. 공랑이 일어서니 아이도 일어섰다. 물에 반사된 자신의 모습처럼 아이는 공랑이 움직이는 대로 따라 움직였다. 반 시간쯤 지났을까. 거리가 좁혀지지 않자 공랑은 마음이 급해 머뭇거리는 척하다가, 호수 속 아이에게 돌연 성큼 다가섰다. 무릎까지 첨벙 잠기며 양팔을 뻗어 아이를 만지려는 찰나, 호수 속 아이는 물속으로 사라졌다. 결코 적의가 있었던 게 아닌데, 성급한 공랑의 행동에 물속 아이가 겁을 집어먹은 모양이었다. 공랑은 사라진 아이를 하염없이 기다리며 풀피리를 불었다. 그러나 아이는 공랑이 호수를 떠날 때까지 다시 나타나지 않았다.

*

공랑이 사는 바닷가 마을에는 나이를 알 수 없는 서 씨라 불리는 점쟁이 할머니가 살았다. 고향은 탐라국 서귀포인데 탐라에서 백제로, 백제에서 신라 땅으로 옮겨 다니며 살다가 선덕여왕 시절에 통천의 바닷가 마을로 흘러 들어왔다고 했다. 다섯 왕을 거쳐 지금은 효소왕이 통치하고 있으니 통천에 온 지 60년이 넘은 셈이었다. 서 씨 할머니는 마을 끄트머리의 외딴집에 혼자 살면서 아프거나 화가 닥친 사람들에게 점을 봐 주었다. 평소에는 하루 중 대부분을 온통 알아들을 수 없는 말을 중얼거리며 보내다가도, 점을 칠 때면 정신이 온전하게 돌아온 양 말투가 또렷하고 명료해지는 기이한 노인네였다.

집에 돌아온 공랑이 잠자리에 누워 뒤척이는데, 불현듯 얼마 전 서 씨 할머니와 나누었던 대화가 떠올랐다. 정확히 말하면 대화라기보다는 길가의 풀밭에 쭈그려 앉아 풀떼기를 뜯는 할머니의 넋두리 같은 중얼거림에 건성으로 맞장구를 쳐 준 것인데, 그것이 왜 유독 기억에 남아 지금 떠오르는지 알 수 없었다.

"가령 파도가 높은 날에만 수면 가까이 올라온단다. 이미 아는 거지. 파도가 험하면 배가 못 뜬다는 걸. 배가 못 뜨니 바다에 사람이 없고, 사람이 없으니 위험하지 않다는 걸 아는 거야."

"누가요?"

"새끼들 말이야. 아주 가끔씩 스스로 모습을 드러낸다고 했거든. 궁금한 걸 못 참으니까."

"무슨 새끼요? 상어요? 고래요?"

"풀피리 소리 같기도 하고, 종달새 지저귀는 소리 같기도 하다더라. 휘리릭휘리릭 휘파람 소리가 나고 조금 있으면, 거북이 알 같은 머리통이 쑥 올라온다더라."

"그게 뭔데요? 왜 올라와요?"

맥락도 없고 뜻도 모를 그 대화가 난데없이 공랑의 뇌리에 떠올랐다. 깨진 토기 조각 맞추듯 한 조각씩 맞춰 보니, 동굴 속 아이를 만난 일련의 과정과 유사했다.

"맞아, 동굴 밖 바다에 파도가 험했어. 휘파람 소리란 풀피리 소리 같은 그 아이 목소리를 뜻하는 거고, 거북이 알 올라오듯 아이의 머리통이 물속에서 떠올랐어. 맙소사, 할머이가 말한 그대로잖아!"

공랑은 다음 날 서 씨 할머니의 집을 찾아갔다. 할머니는 양지바른 곳에 앉아 있었다. 볕이 반사된 할머니의 마른 뺨이 오래된 청동 거울처럼 반짝거렸다. 공랑은 전날 동굴 속 호수에서 만난 아이에 대해 할머니에게 빠짐없이 얘기했다. 숨소리 한번 크게 내지 않고 공랑의 얘기를 들은 할머니가 입을 열었다.

"제 발로 올 때까지 기다렸어야지. 먼저 다가가면 바다 속 깊은 곳으로 사라져 버린다고 했는데. 동글동글한 구슬로 살살 구슬려야 한다고 했는데."

"그 아이가 동글동글한 구슬을 좋아해요?"

"그것들은 결코 사람에게 잡히지 않아. 해파리처럼 은밀하고, 황새치보다 빠르니까. 사람이 다가가면 바다 속 깊은 곳으로 꽁꽁 숨어 버려."

서 씨 할머니는 시조를 읊듯, 노래를 하듯 알 수 없는 말을 줄줄이 이어 갔다.

"하지만 새끼는 달라. 동글동글한 구슬이 달가닥달가닥 소리를 내면 사족을 못 쓰지. 자기 손으로 꼭 만져야만 직성이 풀리는 호기심 덩어리거든. 그날도 보름달 뜬 밤바다에 새끼가 떠올랐어. 휘영청 뜬 달을 보고 정신이 팔려 물 위로 머리통을 내밀었던 게지. 동그란 달을 만져 볼 욕심에 자기 목에 올가미가 걸리는 줄도 모르고……."

"목에 올가미가 걸리는 걸 할머이가 봤어요?"

"아니, 나 말고 소정이가 봤지."

"소정이가 누군데요?"

"소정이, 부락에서 제일 예쁜 소정이가 살아 있을 때 말해 줬어. 그날 뭔 일이 있었는지."

"그날 있었던 일이요?"

"소정이가 바다 밑에서 그걸 만난 그날 말이야."

그날은 도통 아무것도 잡히지 않았다. 바람도 불고 파도도 높아 함께 물질하던 이들은 일찌감치 물 밖으로 나갔다. 소녀도 그만 물 위로 올라가려는데, 발아래 먼발치에 보이는 바위틈 사이로 큼지막한 문어가 대가리를 비쭉 내밀었다. 문어 큰 놈 한 마리면 식구들 모두 배불리 먹겠다 싶어 욕심이 난 소녀는 숨을 참으며 바위까지 내려갔다. 갈고리로 문어의 머리통을 낚아채려는 순간, 문어가 바위틈 사이로 숨어 버렸다. 소녀는 엉겁결에 문어를 쫓아 바위틈 안으로 팔을 집어넣었다. 그런데 잡으려던 문어는 빠져나가고 소녀의 팔이 바위틈 사이에 끼어 버렸다. 옆으로 살살 돌려서 빼면 금방 빠질 텐데 당황하니까 더 안 빠지고, 흥분하니까 숨이 차올랐다. 소녀가 겨우 팔을 빼 냈을 때는 이미 가슴이 터질 듯 부풀어 오른 데다 숨이 턱까지 찼다. 급하게 수면으로 오르는데 정신이 혼미해지더니, 시야가 어두워지고 초점이 가물가물 흐려졌다. 몸이 천근만근 무거워지면서 팔다리가 빳빳하게 굳어 갔다.

'아, 이렇게 죽는구나. 내가 집에 못 돌아가면 동생들이 저녁을 굶을 텐데……. 우리 어머이가 나 찾는다고 바닷가를 헤매고 다닐 텐데…….'

위기에 처한 소녀의 머릿속에 이런저런 걱정들이 순식간에 스쳐 가는데, 팔 뻗으면 닿을 만큼 가까운 거리에 유령처럼 서 있는 사람이 문득 보였다. 돌아가신 아부지인가? 벌써 죽어 헛것이 보이나 싶은데, 거기 선 것은 하얀 얼굴에 눈이 크고 둥그스름한 사람이었다. 분명 사람인데 저 사람은 어찌 물속에서 숨이 안 찰까 싶은 순간, 겨드랑이 밑 양 옆구리에 달린 지느러미 같은 것이 날개처럼 팔락거렸다. 웃는 건지 아닌 건지 알쏭달쏭한 표정으로 소녀를 흘겨보던 그 사람은 이윽고 깊고 어두운 바다 속으로 사라졌다. 혼절한 소녀가 눈을 뜨니 수면 위에 떠올라 있었고, 망태기 속에는 문어가 꿈틀대고 있었다.

"할머이, 소정이가 그날 만난 그 사람이 누군데 어찌 바다 속에서 살 수 있어요?"

두 눈이 동그래진 공랑이 물었다.

"네가 나와 약속을 한 가지 하면 알려 주마."

"네, 약속할게요."

무엇인지 들어보지도 않고 공랑은 대뜸 약속해 버렸다. 안 할 이유가 없었다. 무엇을 약속하든 지금보다는 덜 배고플 테니까.

"다시는 그곳에 가지 않겠다고 약속해라."

"그곳이라뇨? 동굴 속 호수 말이에요?"

"웅, 네가 그 아이를 만난 곳. 그곳에 다시는 가지 않겠다고 약속해라."

공랑은 생각했다. 해안가 절벽에 늘어선 수많은 바위 중 어느 틈으로 들어가야 동굴이 나오는지 아는 사람은 자신뿐이다. 다른 사람들은 알지도 못할뿐더러 찾을 수도 없다. 결국 자신이 다시 가든 말든 다른 사람들은 알 수 없다는 것이 공랑의 결론이었다.

"네, 다시는 안 갈게요."

시원시원하게 대답하는 공랑을 물끄러미 바라보던 서 씨 할머니가 천천히 그러나 또박또박 힘주어 말했다.

"네가 만난 그 아이는 인어야."

공랑은 머릿속으로 호수에서 만난 아이의 모습에 인어라는 말을 얹어 보았다.

헛수고였다. 물 위에 동동 뜬 기름처럼 아이와 인어는 도무지 섞이지 않았다.

"인어라면 물고기를 닮아 꼬리가 있어야 하는데 그 아이는 분명 사람이었어요."

"원래 보는 사람이 마음먹은 대로 보이는 법이야. 사람으로 보고 싶은 사람한테는 사람으로 보이고, 물고기로 보고 싶은 사람한테는 물고기로 보이는 거지. 하지만 그건 사람도 물고기도 아닌 인어야."

서 씨 할머니가 덧붙였다.

"얘야, 인어를 만났다는 얘기를 아무한테도 하면 안 된다."

"왜 말하면 안 돼요?"

"모두가 뺏으려 달려들 테니까. 많이 배운 사람도, 적게 배운 사람도, 천하를 호령하던 황제도, 황제한테 충성하던 신하도, 너도나도 인어를 잡아먹으려고 버선을 벗어 던지듯 체면을 벗어던질 거야. 침 삼키듯 염치를 삼켜 버릴 거야."

"왜 잡아먹으려고 해요? 인어가 그렇게 맛있어요?"

"왜냐하면 사람들은 늘 배고프거든. 아무리 많이 먹어도 금방 또 배고파지거든."

"알겠어요. 할머이, 전 이만 집으로 가 볼게요. 동생들이 기다려서요."

서 씨 할머니에게 꾸벅 인사하고 돌아선 공랑은 집으로 가지 않고, 마을 뒷산으로 올라가 가래나무숲을 찾아 들어갔다. 통천에는 유독 가래나무가 많았다. 사람들은 가뭄이 들고, 물고기가 안 잡혀 정 먹을 것이 없을 때는 가래나무 열매인 추자를 주워 먹고 허기를 면했다. 설익은 것은 독성이 있어 먹을 수 없었지만, 많이 익은 것은 떨떠름할지언정 먹을 수는 있었다. 이번 태풍에 떨어진 동그란 추자들이 가래나무 밑에 뒹굴었다. 공랑은 추자를 가져갈 수 있는 만큼 주워 들었다. 덜 익은 추자는 껍질이 딱딱하고 모양이 동글동글해, 동생들과 놀아 줄 때 옆으로 눕혀 떼굴떼굴 굴리며 놀기 좋은 장난감이었다.

다음 날, 아침 일찍 일어난 공랑은 동굴 속 호수를 다시 찾았다. 공랑이 부는 풀피리 소리가 안개를 뚫고 호수 저편까지 퍼져 나갔으나, 시간이 지나도 적막을 깨는 그 어떤 반응도 없었다. 공랑은 들고 온 꾸러미에서 추자를 한 알 꺼내 물 위로 던졌다.

퐁당.

물에 빠진 추자가 물결에 흔들리며 잠방거렸다. 꾸러미에서 한 줌 더 꺼내 던졌다. 찰랑이는 물 위를 추자들이 흔들흔들 떠다니며 서로 부딪혀 달그락댔다. 달그락거리는 소리가 적요한 호수에 퍼져 나갔다.

잠시 후 여자아이가 물속에서 머리를 드러내었다. 아이는 호기심 가득한 표정으로 추자를 바라보더니 서서히, 조금씩 다가왔다. 아이가 움직일 때마다 호숫가에 서 있는 공랑과의 거리도 가까워졌다. 거리가 가까워질수록 쑥 같기도 하고 들깻잎 같기도 한 쌉싸래한 냄새가 풍겨 왔다.

물속의 아이는 손을 뻗어 조심스럽게 추자를 건드렸다. 마치 개구리처럼 손가락 사이사이가 두 번째 마디까지 물갈퀴로 막혀 있었다. 아이는 신중하면서도 민첩하게 손을 뻗어 추자를 하나 집어 들더니 손안에서 쥐었다 놓기를 반복했다. 이내 구슬처럼 동그란 추자가 마음에 들었는지 손바닥 안에 꼭 쥐고 놓지 않았다. 공랑은 가지고 간 나머지 추자들을 모두 꺼내 한 개씩 호수의 수면 위로 던졌다. 그때마다 아이는 돌고래가 수면 위에서 공중제비를 돌 듯 허공으로 몸을 솟구쳤다가 입수했다. 물속에서 놀라운 속도로 빠르게 움직이더니, 아이는 추자가 떠 있는 정확한 지점에서 수면 위로 떠오르며 단숨에 추자를 집었다. 새가 하늘을 나는 것처럼 아이는 물속에서 날아다녔다. 공기가 바람을 타고 부유하듯 아이는 물속에서 유영했다.

꼬르륵, 꼬르르륵.

공랑의 허기진 배에서 개구리 합창 소리가 났다. 처음 듣는 기이한 소리에 멈칫한 아이가 공랑을 바라보았다. 공랑은 한 손으로 홀쭉한 자기 배를 두드리며, 다른 한 손을 입에 가져가 먹는 시늉을 해 보였다. 아이는 그 모습을 유심히 바라보다가 물속으로 사라졌다. 곧 돌아온 아이의 손에는 황어 한 마리가 파닥거리고 있었다. 아이가 호숫가에 선 공랑에게 황어를 던져 주었다. 엉겁결에 물고기를 받아 들고 넋 나간 표정으로 선 공랑을 보며 아이는 풀피리 소리를 냈다. 흡사 깔깔거리며 웃는 것만 같았다. 아이는 그 뒤로도 여러 번 물에 들어갔다 나오며 소년에게 물고기를 던져 주었다. 마치 재미있는 놀이를 즐기는 것 같은 모양새였다. 소년은 물고기를 받을 때마다 어른에게 절하듯 허리를 접어 꾸벅 인사를 했다. 그 모습을 보고 아이도 소년을 따라 허리를 접어 인사를 하곤 웃었다. 공랑은 꾸러미 가득 물고기를 채워 마을로 돌아갔다.

그날 소년이 물고기를 가지고 마을로 돌아가지 않았더라면 운명이 바뀌었을까? 그들은 친구가 되어 사이좋게 공생하게 되었을까? 불행하게도 그리되지는 않았을 것이다. 비극의 표정은 각각 다를지언정 모두 '욕망'이라는 한 얼굴에서 나왔으니까. 적당한 온도에선 물이 끓지 않듯, 적당하다면 그건 욕망이 아니니까.

*

공 영감은 바다 위 하늘이 노을에 잠기기 전 서둘러 섬을 떠나 육지에 있는 자기 집으로 돌아갔다. 육지까지는 배로 한 시간 거리였다. 덕무는 배를 대는 오리 바위까지 내리막길을 따라 걸으며 공 영감을 배웅했다. 턱, 턱, 지팡이를 짚고 외다리로 걷는 공 영감은 터벅터벅 두 다리로 걷는 덕무보다 빠른 속도로 비탈길을 내려갔다. 내려오는 내내 마른 입술을 일자로 다물고 있던 공 영감이 오리 바위에 묶어 둔 자기 배 앞에 당도하자 불현듯 입을 열었다.

"인어."

"예?"

덕무는 혹여 잘못 들었나 싶어 자신의 귀를 의심했다.

"인어라고."

공 영감이 덕무를 빤히 바라보며 말했다.

"내 딸에게 먹인 것이 인어요?"

덕무가 좀처럼 믿기지 않는 이야기에 스스로를 다독이며 물었다.

"인어를 끓여서 짜낸 기름이지."

"신라 시대 때 말이오?"

"정확히 말하면 통일신라가 된 직후지. 천이백 년 전이니까."

"인어가 지금도 있소?"

"한목숨이 천 년을 넘어 천오백 년까지도 산다니까 있을 수도 있겠지. 사람들이 모조리 잡아 죽이지 않았다면 말이야."

"어디로 가야 하오? 알고 있으면 알려 주시오. 내 가서 잡아 오리다."

덕무의 결연한 표정을 집요하게 살피던 공 영감이 추궁하듯 물었다.

"말해 주면 진짜 갈 텐가? 거기가 어디든?"

"이미 말하지 않았소. 영실이를 살리기 위해서라면 지옥에라도 가겠다고."

공 영감은 덕무의 어기찬 대답에 속을 알 수 없는 야릇한 표정으로 나지막하고 신중하게 말했다.

"역지사지로 생각해 보면 답이 나오지. 자네가 인어라고 가정해 보게. 만약에 자네와 자네 자식들이 인어라면, 그런데 사람들이 자네 가족을 잡아먹으려 환장한다면, 자네 같으면 어찌하겠나?"

"그거야 당연히……."

"당연히 사람들이 없는 곳, 절대 발견 못 할 곳에 꽁꽁 숨어 있겠지. 사람들한테 발견되는 순간 너도나도 기름을 짜려고 달려들 테니."

미래를 내다보는 점쟁이처럼, 혹은 과거에 직접 경험한 경험자처럼 단정 지은 공 영감이 비릿하게 웃으며 말을 이었다.

"며칠 전에 장에 갔다가 우연히 들었네. 박 씨 자네가 흑암도에 갔다가 살아서 나온 유일한 사람이라고."

결국 이거였다. 흑암도라는 연결 고리가 아니고야 공 영감이 자신을 찾아올 이유는 전혀 없었다. 아무 이유 없이 천이백 년이나 된 귀한 인어 기름의 마지막 한 방울을 자신의 딸에게 줄 리는 더더욱 없었다.

"내가 거기 가려다가 이 꼴이 되었지."

공 영감은 없는 손을 허공에 들어 덕무에게 보여 주었다.

"흑암도에 가면 인어가 있습니까?"

"가 보면 알 거 아닌가. 난 들어가지도 못하고 이 사달이 났으니까. 기억하게. 인어 기름을 짜면 절반은 내 몫이네. 나머지 절반은 자네 몫이고."

공 영감이 떠나고, 밤이 깊었다. 방문턱에 걸터앉아, 곤히 잠든 영실을 들여다보던 덕무의 머릿속에 몇 달 전 겪었던 기억 하나가 스멀스멀 떠올랐다. 풀피리 소리든, 휘파람 소리든, 천이백 년 전 공랑이라는 소년이 들었던 그 소리를 덕무도 또렷이 들었던 것이다. 그가 소리를 들은 장소는 천이백 년 전 바람에 떠밀려 간 공랑이 바위틈에서 발견한 호수처럼, 파도에 떠밀려 흘러들어간 바다 동굴 속에 감춰진 석호였다. 호수인지 바다인지 애매한 석호는 겉으로 보기에는 바다와 격리되어 있어서 호수 같지만, 지하에 물길이 나 있어서 바다와 연결되어 있으니 바다이기도 했다. 따라서 석호에는 호수보다 염분이 많고 플랑크톤이 풍부하여 바닷물고기도 살고, 동시에 바닷물보다 깨끗하여 가시고기나 흑고기처럼 희귀한 민물고기도 살았다. 민물고기와 바닷물고기가 더불어 살며 호수이기도 하고 바다이기도 한 석호는 동쪽 해안을 따라 곳곳에 퍼져 있었다.

가장 대표적인 석호는 고성을 지나쳐 남쪽 방향으로 내려가면 나오는 속초라는 해안가 마을의 영랑호였다. 천이백 년 전, 신라 효소왕 때 남쪽의 젊은 화랑들이 무술 시합에 참가하기 위해 서라벌을 향해 가던 중, 우연히 접한 호수의 경치에 매료되어 무술 시합장에 가는 것을 잊고 머물렀다는 곳, 화랑 중 한 명인 영랑의 이름을 따 영랑호라 부르게 되었다는 그곳이 비교적 많이 알려진 석호였다. 하지만 영랑호라는 이름의 유래를 곧이곧대로 믿는 사람들은 별로 없었다. 조금만 이치에 맞춰 생각해 보면 앞뒤가 맞지 않는 이야기였기 때문이다. 호연지기를 품은 화랑이 하는 일이 무엇이던가? 나라에 충성하기 위해 심신을 수련하는 일 아니던가? 학문을 익혀 마음을 수련하고 무술을 배워 몸을 단련하는 일은 한두 해 배우고 마는 일이 아니었다. 학문이든 무술이든 어느 정도 경지에 오르려면 적어도 삼 년, 길게는 칠팔 년 동안 피땀 흘려 익히는 고된 과정을 거쳐야 했다. 이렇듯 오랜 수련을 마친 화랑들이 마침내 노력의 결과를 확인하러 가는 길에 불현듯 무술대회 참가를 포기하고 한 호숫가에 머물기로 결정한다? 단지 경치가 아름답다는 이유로? 수년간 공부한 끝에 장원 급제를 위해 한양으로 가던 선비들이 호숫가에서 노느라 과거 시험을 포기했다고 한다면 누가 믿을 수 있겠는가? 옛날 일이라고 해서 이치에 맞지 않는 일이 이치에 맞는 일로 둔갑할 수는 없는 법이다. 이치란 시간이 지나도 변하지 않는 정당한 도리이기 때문이다.

먼 옛날, 동해안을 오르내리며 석호들을 뒤지고 다녔던 일단의 화랑 무리와 관련하여 예부터 전해져 내려오는 의문이 있었다. 어떤 이는 바람에 흘러가는 풍문이라고 했고, 어떤 이는 억측이라고, 어떤 이는 못 배운 어부들의 공상일 뿐이라고 했지만, 또 어떤 이는 합리적인 의문이라고도 했다. 그것은 수수께끼 같은 신라 사선의 정체에 관한 것이었다. 신라 사선, 즉 영랑, 술랑, 남랑, 안상은 통일신라 시대 효소왕 시절에 이름을 알린 네 명의 화랑이었다. 이들이 왜 당대를 대표하는 유명한 화랑이 되었는지는 자세히 전해져 내려오지 않으나, 수련을 목적으로 혹은 관광을 이유로 동해안을 오르내린 그들의 행적은 자세하게 기록되어 있었다. 그들이 거쳐 간 관동팔경의 대부분, 즉 강원도 통천의 총석정, 고성의 선유담, 금강산의 삼일포, 강릉의 경포호, 속초의 영랑호, 울진의 월송정까지 공통점이 한 가지 있었으니 모두 석호라는 것이었다. 무슨 이유에서인지 당시 신라 사선은 동해안의 석호들을 이 잡듯 뒤지고 다녔다. 그리고 그들이 다녀간 시기와 장소를 암벽 등에 적어 두어 의도적으로 후대에 기록을 남기려 했다. 과연 그들의 정체는 무엇이었을까? 혹여 경치를 즐기던 유객이 아니라 왕의 특명을 비밀리에 수행하던 특사가 아니었을까? 그들은 무엇을 찾고자 했던 것일까? 그 당시 동해안에서 일어났던 어떤 특정한 사건이나 사고와 관련된 일을 해결하려는 것은 아니었을까? 어쩌면 사람들이 알면 안 되는 무언가가 석호에 살고 있었던 것은 아니었을까? 긴 세월 동안 의문만 쌓일 뿐 아무도 답하지 못했던 석호와 관련된 비밀스러운 이야기를 덕무도 오래전부터 들어 알고 있었다. 그런데 오늘 공 영감이 그 오래된 질문에 대한 답을 던져 준 것이다.

'인어들은 깨끗한 물에서만 산다니까 만약 정말로 인어가 어딘가에 살고 있다면, 물이 오염되지 않은 가장 청정한 곳에서 살 것이다. 예를 들면, 바다와 통하지만 바다보다는 호수처럼 물이 청초하고 깨끗한 곳, 즉 석호 같은 곳. 하지만 석호도 석호 나름이겠지. 관동팔경처럼 모두가 아는 석호는 결코 아닐 테고. 아마 아무도 모르는, 아니면 아무도 갈 수 없는 곳에 있는 석호에 꽁꽁 숨어서 살고 있는 것은 아닐까? 이를테면 한번 들어가려면 목숨 걸고 가야 하는 그런 곳…….'

덕무는 방문턱에 앉아 구름에 반쯤 가린 달을 올려다보았다. 석 달 전 그날도 한입 베어 문 듯한 모양의 달이 떠 있었다.

흑암도. 동해안의 수많은 섬들 중 그 어떤 어부도 접근하지 못하는 유일한 섬이다. 모나고 날카로운 바위들이 창칼처럼 수면 위로 올라와 바위섬 주위를 성벽처럼 둘러싸고 있기에 배가 접근할 수 없다. 더욱이 하루 중 동틀 무렵을 빼고는 일 년 내내 연무가 자욱해 그 모습을 보기조차 어렵다. 한마디로 아무도 접근할 수 없는 천혜의 요새다. 표류하다가 잘못 흘러들어간 배는 있어도 되돌아 나온 배는 없다는 섬이 바로 검은 바위들로 이루어진 섬, 흑암도다. 그런데 불과 석 달 전, 덕무는 흑암도에 들어갔다가 살아서 돌아왔다.

그때만 해도 영실이 아프기 전이었다. 그날, 덕무는 평소보다 먼바다까지 나가 그물을 던지기로 했다. 전날 꾼 꿈 때문이었다. 꿈에서 덕무는 신혼 초로 돌아갔다. 만삭인 아내는 영실을 임신하고 있었고, 덕무는 아내에게 다랑어를 잡아다 주려고 먼바다에 나가 그물을 던졌다. 한데 그물에 걸린 그것은 늙은 장수거북이었다. 얼마나 큰지 등딱지만 6척이 넘어 보였다. 심해에 사는 장수거북 중 제일 오래 사는 놈이 오백 년을 산다고 했으니 이 녀석 나이가 그쯤 되어 보였다. 오래 산 거북일수록 등딱지에 나이테가 촘촘하게 새겨지는데, 덕무의 그물에 걸린 놈이 그랬다. 일일이 셀 수 없을 만큼 빽빽한 나이테가 장수거북이 산 세월을 알려주었다. 그물에 걸려 입에 하얀 거품을 문 채 자신을 빤히 쳐다보는 장수거북을 덕무는 그냥 놓아주었다. 거북 고기를 먹고 식중독에 걸려 죽은 육지 사람들 이야기를 들은 적이 있기도 했지만, 장수거북을 살려 주면서 만삭인 아내가 건강하게 아기를 낳았으면 하는 막연한 바람도 있었다. 풀려난 장수거북은 짧은 꼬리를 살랑살랑 흔들며 깊은 바다 속으로 사라졌다.

꿈에서처럼 장수거북까지는 아니어도 막 돌아오기 시작한 대구 떼라도 만나기를 기대했지만, 덕무는 그날 오후 내내 빈 그물만 끌어올리며 허탕을 쳤다. 그러다가 맑던 하늘이 갑자기 어두워지면서 잠잠하던 바다에 바람이 불기 시작했다. 이윽고 비바람이 몰아치더니, 먹구름이 해를 가려 사방이 어두컴컴해지며 천둥과 번개가 하늘을 찢을 듯 울렸다. 덕무는 앞마당같이 익숙한 동해 앞바다에서 그만 길을 잃고 말았다. 집에 돌아가지 못하고 밤새 표류하다 동이 틀 무렵, 모난 바위들이 창처럼 솟아오른 검은 섬이 덕무 앞으로 다가왔다. 흑암도였다.

삐죽 솟은 검은 바위 계곡 사이로 암초 더미들이 우후죽순 솟아 있었다. 덕무의 고기잡이배는 바위틈에서 오도 가도 못 했다. 엎친 데 덮친 격으로 희뿌연 안개가 순식간에 눈앞을 덮어 버렸다. 한 치 앞도 보이지 않았다. 다만 귓불을 스치는 스산함으로 얼굴 앞에 차갑고 날카로운 암초가 버티고 선 것을 느낄 수 있을 뿐이었다. 죽음이 목전에서 너울거리던 바로 그때, 안개로 덮여 보이지 않는 전방 어딘가에서 컹, 컹! 개 짖는 소리가 들렸다. 짖는 소리가 개와 같다고 하여 물개로 불리는 강치가 내는 소리였다. 그 소리에 의지하여 배를 움직여 조금씩 앞으로 나아가니, 배 옆구리 쪽에 스치듯 보이는 바위 위에 강치가 앉아 컹컹 짖어 대고 있었다. 가만히 보니 바위들마다 강치가 앉아 있었는데 배가 자기가 있는 바위에 가까워지면 짖어 댔고, 멀어지면 멈췄다. 덕무는 오로지 강치들이 짖는 소리에만 의지해 온통 바위투성이인 그곳을 통과했다.

바위 계곡을 지나 섬으로 깊이 들어가자 신기하게도 안개가 사라졌다. 선명한 시야에 들어온 풍경은 덕무를 놀라게 했다. 날카롭고 모난 바위들은 온데간데없이 널찍하고 평평한 바위들이 줄을 이었고, 그 바위들 위에 수백 마리의 강치 떼가 누워 한가로이 쉬고 있었다. 그곳은 강치의 천국이었다. 독도만큼은 아니었지만 수많은 강치들이 흑암도에서 쉬고 있었다.

그렇게 널찍하고 평평한 바위들을 통과하고 나니 바다 동굴이 나타났다. 덕무의 배는 동굴로 흘러 들어갔다. 길고 어두운 바다 동굴 속에서는 휘파람 소리 같기도 하고, 풀피리 소리 같기도 한 소리가 삘리리 들려왔다. 그것이 휘파람 소리라면 인간이 부는 것이 아니요, 풀피리 소리라면 이곳에서 풀피리를 부는 이는 귀신일 것이 분명했다. 머리카락이 쭈뼛 선 덕무는 배를 돌리고 싶었으나 동굴의 폭이 좁아 불가능했다. 한참을 더 흘러가 맞은편 입구로 빠져나온 덕무의 배가 다다른 곳은 진줏빛을 띤 물에 옥빛 하늘을 머금은 석호였다.

흑암도에 들어갔다가 무사히 살아서 나온 덕무는 한동안 다른 어부들의 질문 세례를 받았다. 한 치 앞이 안 보이는 흑암도 바위밭에서 어떻게 무사히 빠져나왔는지, 흑암도에는 무엇이 살고 있는지, 많은 어부들이 알고 싶어 했다. 그러나 덕무는 입을 닫았다.

바위 위에서 쉬는 수백 마리의 강치 떼를 보았다고 말하면 강치 사냥꾼들이 목숨 걸고 몰려가 닥치는 대로 잡아 가죽을 벗길 것이 뻔하기 때문이었다. 덕무를 살린 것은 학살을 피해 독도에서 흑암도로 달아났던 강치들이었다. 한낱 미물로 여겼던 그들이 컹컹 짖어 준 덕분에 덕무의 배는 바위에 부딪히지 않고 무사할 수 있었다.

공 영감은 알고 있는 게 분명했다. 흑암도에 감춰진 호수가 있다는 사실을. 그리고 그 호수에 인어가 살고 있다는 심증을 굳힌 게 틀림없었다. 그래서 일 년 전 스스로 흑암도에 가려다가 바위에 부딪혀 상어 밥이 되었던 것이다. 남은 몸을 추스른 공 영감은 이제 자신은 못 가는 그곳에 덕무를 대신 보내려 하고 있었다.

공 영감이 준 기름을 먹은 영실은 언제 아팠냐는 듯 자리를 털고 일어났다. 몇 달 만에 푹 자고 일어나 편하게 숨 쉬는 누나를 보며 영득은 뛸 듯이 기뻤다. 기운을 차린 영실은 아침부터 영득을 부엌으로 불러내 아궁이에 불 때는 법부터 쌀 씻는 법, 죽 끓이고 밥하는 법을 순서대로 가르쳤다. 서툴러 실수하는 영득에게 몇 번이고 다시 가르쳤다. 느닷없이 부엌일을 배우느라 입술이 삐죽 나온 영득을 달래려, 영실은 영득의 손을 잡고 엄마가 묻힌 언덕에 올랐다.

"누나, 숨 못 쉬어서 힘들었지?"

"아무리 숨을 들이마셔도 밑 빠진 독처럼 새어 나가는 것 같았어. 물에 빠진 것처럼."

"많이 답답했겠다."

"응, 숨 한 번만 편하게 쉴 수 있으면 죽어도 좋을 것 같았어."

"죽지 마, 누나. 누나 죽으면 난 어떻게 해?"

"그런데 숨이 차니까 좋은 일도 있었어."

"숨이 차는데 뭐가 좋아?"

"숨을 더 이상 쉴 수 없게 되면 눈앞이 캄캄해지는데, 그때 어머이 얼굴이 떠오르거든. 눈이랑, 코랑, 이마랑 생생하게 또렷이 다시 기억났어. 오랫동안 어머이 얼굴이 기억나지 않아서 슬펐거든. 아무리 떠올리려 해도 안 떠올랐었어."

"어머이는 어떻게 생겼어?"

"어머이는 하얗고, 동그랗고, 포근하고, 따뜻하게 생겼어."

"좋았겠다, 어머이 얼굴 봐서."

영득은 진심으로 부러워하며 영실을 바라보았다.

"어머이가 얘기도 해 주었어."

"정말? 어머이가 뭐라고 말해 줬어?"

"괜찮다고. 그러니까 행복하게 살라고."

"어머이가 내 얘기는 안 했어?"

"응, 그냥 다 괜찮다고만 했어."

"이제는 아프지 마, 누나."

영득이 찔레 꽃잎 한 장을 입에 물고 빨아 먹다 말고 말했다.

덕무가 아이들을 찾아 언덕에 올라오니, 오누이는 누가 보아도 남매처럼 서로 정답게 기대어 앉아 있었다. 봄바람에 떨어진 연분홍 찔레 꽃잎들이 그들의 머리 위로 내려앉았다.

*

공 영감은 다음 날도, 그다음 날도 아침 일찍 덕무를 찾아왔다.

"박 씨, 결정했나? 언제 출발할 건가?"

덕무는 만일의 사태를 대비해 준비할 시간이 필요하다고 답했다. 그것은 사실이었다.

흑암도에 다시 들어간다는 것은 목숨을 담보로 한 도박이었다. 지난번에 운 좋게 살아 돌아왔다고 해서 이번에도 성공한다는 보장은 없었다. 만에 하나 덕무가 돌아오지 못한다면 외딴섬에 사는 영실과 영득은 죽은 목숨이었다. 이를 알기에 공 영감도 대책 없이 덕무를 마냥 재촉하지는 않았다. 무엇보다 덕무가 무사히 돌아와야 공 영감도 목적을 이룰 수 있기에 무턱대고 다그친다고 될 일이 아니었다. 덕무에게는 시간이 필요했다. 쌀독에 쌀을 채워 놓고, 물독에 물을 채워 놓을 시간 그리고 어린 영실과 영득의 머릿속에 아버지 없이도 살아남을 수 있는 각오를 채워 넣을 시간 또한 필요했다.

"아부지가 멀리 섬에 좀 다녀와야겠다. 한 이틀 걸릴 거다."

"어느 섬인데 이틀이나 걸려요? 일본에 가세요?"

영득이 캐물었다.

"아니다."

"어디 가는데요?"

영득이 또 물었다.

"흑암도라고, 먼바다 가는 길목에 있는 섬이다. 누나 약 구하러 간다."

"거기에 가면 누나 병 고칠 약이 있어요? 의원이 산대요?"

누나 약 구하러 간다는 말에 갑자기 신이 난 영득이 물었다.

"공 영감님 말로는 네 누이에게 먹인 물고기가 거기 있댄다."

품에서 주섬주섬 종이를 꺼내 영득에게 주며 박 씨가 말했다.

"공 영감님이 자주 들를 터이니 만약에 내가 나흘이 지나도록 안 돌아오면, 영감님 배를 얻어 타고 통천으로 나가 여기로 가거라. 네 사촌 고모가 사시는 곳이다."

잠자코 듣고 있던 영실이 어두운 표정으로 입을 열었다.

"아부지, 가지 말아요."

"가야 한다."

"아부지, 가지 말아요. 어유 안 먹어도 되니까 가지 말아요."

"약 안 먹으면 너는 살 수가 없다고 하지 않냐. 숨을 아주 못 쉴 거라잖냐."

"아부지, 아부지가 독도에 갔다 와서 한 말 기억해요? 분에 못 이겨 눈물 글썽이며 말했잖아요."

독도에서 강치의 학살 현장을 목격한 덕무는 그날 집에 돌아와 울분을 참지 못하고 격노하며, 야만적인 자들을 향해 저주를 퍼부었었다.

"피투성이가 된 사냥꾼들 모두 인간이길 포기한 짐승들이고, 그중에서도 그들 사이에서 웃고 있던 공 영감님이 제일 나쁜 짐승이라고, 사람이 아니라 저승사자 같았다고 했잖아요."

그러고 보니 그런 말을 했던 기억이 났다.

"아부지는 저승사자가 가라는 곳으로 가고 싶어요? 가지 말아요, 아부지. 저승사자가 가라는 곳이 어디겠어요? 지옥 아니겠어요? 거기에 무슨 좋은 것이 있겠어요?"

"그럼 너는? 영실이 너는 어떻게 하고? 네 약은 어쩌고?"

"아부지, 난 지옥에서 가져오는 약은 안 먹을래요."

"누나! 누나 벌써 먹었어. 그 할아버이가 한 방울 먹였어. 그걸 먹어서 누나가 지금 괜찮은 거야. 숨도 쉴 수 있고, 말도 할 수 있는 게 다 그 할아버이가 준 약 덕분이야. 내가 봤어, 누나."

어느새 끼어든 영득이 숨도 쉬지 않고 말했다.

"영득이 말이 맞다. 영실이 너는 입 다물고 이 아비가 시키는 대로만 하면 돼. 먹으라면 먹고, 자라면 자고. 그래야 네가 산다."

나무라듯 강한 어조로 말하는 덕무 앞에서 영실은 입을 닫았다.

밤이 되었다.

영실이 자는 방에서 숨이 넘어갈 듯 헐떡이다가 기침을 쏟아내는 소리가 새어 나왔다. 잠에서 깬 덕무와 영득이 방문을 여니 영실이 방바닥에서 가슴을 부여잡고 뒹굴고 있었다. 기침을 하는데 피가 울컥 쏟아져 나왔다. 공 영감이 먹인 기름 한 방울의 약효가 다한 것이 분명했다.

"누나, 죽지 마. 숨 쉬어. 누나! 아부지, 누나 살려 줘요. 영실이 누나 좀 살려 줘요. 아부지, 약 좀 빨리 구해 와요. 아부지!"

영득은 울며불며 누나를 살려달라고 덕무에게 매달렸다. 앞으로 영실의 병세는 의원의 말처럼 진행될 터였다. 숨차다가 숨 쉴 만해지기를 몇 차례 반복하다가, 숨차는 때는 점점 길어지고 숨 쉴 만한 때는 점점 짧아지면서 결국 계속 숨이 차올라 돌이킬 수 없게 될 거라고 했었다. 사람이 물에 빠지면 떠올랐다 가라앉기를 되풀이하다가 끝내 숨을 거두는 것처럼, 영실도 그렇게 죽음 속으로 침잠할 거라고…….

덕무는 날이 밝자마자 먼바다로 향했다. 비가 내리고 파도도 높았지만 날이 좋아질 때까지 기다릴 시간이 없었다. 바다 저편에 목숨을 건 도전이 그를 기다리고 있었다. 자신이 아니면 누구도 해낼 수 없는 위험한 일이었다. 딸의 목숨을 살리기 위해 자신의 목숨을 건 위태로운 모험이었다. 모처럼 느끼는 서늘한 긴장감이 덕무의 머리를 맑게 했다.

사실 아내가 떠난 후 지금껏, 덕무의 삶은 의미 없는 하루의 반복이었다. 일상은 그저 그물코에 낀 바다 찌꺼기처럼 회한과 고독이 덕지덕지 묻은 보잘것없는 오늘의 나열이었다. 살면 살수록 외로워졌다. 탁주 한잔 마시고 벗의 어깨를 빌려 울고 싶어도 함께할 벗 하나 없는 남루한 삶, 남겨질 자식들만 없다면 내일 아침에 눈을 뜨지 않아도 아쉬울 것 하나 없는 삶이었다. 갯벌에 굴러다니는 빈 조개껍데기처럼, 자신이 살건 죽건 아무도 관심 갖지 않을 거라 자조했던 삶이었다. 그 보잘것없던 삶이 불현듯 중요해졌다. 아내를 쏙 빼닮다 못해 죽을병까지 닮아 버린 딸 영실을 살릴 수 있는 여지가 생겼기 때문이었다. 모두가 죽을 거라고 한 딸을 살릴 유일한 희망은 '인어 기름'이었다. 죽어야 하는 딸의 운명은 살려야 하는 아버지의 소명이 되었다.

덕무의 배는 파도를 뚫고 흑암도로 향했다. 돛을 활짝 펼치고 뱃머리에 서서 새벽바람을 고스란히 맞는 덕무의 머릿속에 공 영감이 들려준 인어에 대한 이야기가 떠올랐다.

"인어는 평생 청정한 물에 살며 깨끗한 것만 먹지. 오염된 곳에는 가지를 않고, 몸에 해로운 건 입에 대지 않아. 그래서 인어는 말이야, 천 년을 넘게 산다네. 아프거나 다치면 스스로 치료하거든."

"스스로 치료를 한다는 말이오?"

덕무는 인어에게 인간과 묘하게 닮은 점이 있다는 사실에 놀랐다. 생김새만 닮은 것이 아니었다. 인간에게도 스스로 치유하는 능력이 있지 않던가. 벌어진 상처가 아물고, 흐르던 피가 굳고, 부러진 뼈가 붙지 않던가? 인어나 인간이나 자연이라는 한 뿌리에서 나왔기에 같은 성질을 공유할지도 모른다는 생각이 얼핏 들었다.

"그래, 인어한테는 스스로를 치유할 수 있는 탁월한 능력이 있어. 단, 다 자란 암컷, 즉 어미 인어에 한해서만. 말하자면 어미가 여왕벌이자 여왕개미 역할을 하는 거지. 수컷이나 새끼들은 어미 덕분에 오래 사는 거야. 그래서 다 자란 암컷 인어를 푹 고아서 기름을 짜 먹으면 사람도 인어처럼 만병을 고치며 오래 살 수 있게 된다네."

덕무는 조상에게 기름병 하나 물려받았을 뿐이라던 공 영감이 인어에 대해 어찌 그리 속속들이 아는지 의아했지만 캐묻지 않았다. 숨넘어가던 딸을 기름 한 방울로 살리는 것을 보았는데 무슨 다른 설명이 필요하겠는가. 공 영감의 말은 이미 덕무에게 신뢰를 넘어선 신앙으로 자리 잡은 뒤였다.

"암컷 인어가 새끼를 밸 만큼 자라면 배 속에 생명 주머니라는 게 생기지. 말 그대로 생명을 만들고 유지하는 기운, 즉 생기를 품은 주머니야. 새끼에게 생명을 주기 위해 어미에게만 있는 주머니지. 그 주머니에서 몸 전체로 생기를 보내 몸에 들어온 독소를 해독하고, 병균을 없애고, 상처를 아물게 하면서 몸이 늙지도 병들지도 않게 유지해 주는 거야. 암컷이 평생 이 생기를 자기 짝에게 나눠 주니까 수컷도 암컷을 따라 오래 살 수 있는 것이고. 반대로 암컷이 죽으면 수컷은 얼마 살지 못하고 곧 죽어 버리지."

암컷이 죽으면 수컷은 살지 못하고 따라 죽는다는 말에, 문득 덕무는 아내를 잃고 죽은 듯 살았던 자신의 지난날을 스치듯 떠올렸다.

"인어는 말이야, 생후 백 개월을 기준으로 아이와 어른으로 나뉘는데 어른 수컷은 위험해. 다 자란 수컷 인어는 덩치가 칠 척이 넘는데 물속에서 빠르기가 뱀장어보다 빨라. 게다가 힘 세기가 황소 같아서 뱃사람 세 명이 당겨도 딸려 올라오지 않지. 아비 인어를 잡으려던 뱃사람들이 되레 바다로 끌려 들어가 물고기 밥이 되었다고 하더군. 물속에 있는 수컷은 당해 낼 재간이 없어. 그런데 물에서는 날고 기는 이놈이 뭍으로 나오는 순간 반병신이 되지. 평생 땅을 밟고 걸어 보질 않았으니 당연히 다리에 걷는 힘이 있을 리 없지 않은가. 그러니 수컷을 잡으려면 일단 물 밖으로 끌어내야 해."

마치 수컷 인어를 잡는 현장을 본 사람처럼 공 영감의 설명은 상세했다.

"암컷은 달라. 다 자라도 야리야리하고 가늘지. 문제는 워낙 조심성이 많아서 사람 눈에 띄지도 않고, 곁에 오지도 않는다는 거야. 여리긴 하지만 해파리보다 조용하고, 황새치보다 빠르다네. 사람이 얼씬거리는 순간 심해로 순식간에 숨어 버리지."

"암컷이 그리 조심성이 많다면 어떻게 잡을 수 있소?"

"박 씨 자네는 바다에 그물을 던지기 전에 뭘 먼저 던지나?"

"미끼 말이오?"

"그래, 미끼를 써야지. 어미 인어의 미끼는 새끼야. 사람이 지 자식 챙기는 것 못지않게 어미 인어도 자기 새끼를 챙기거든. 새끼를 잡으면 어미는 무조건 나타나지. 제아무리 멀리 떨어뜨려 놔도 어미는 결국 새끼를 찾으러 온다네."

"그렇다면 결국 새끼를 먼저 잡아야겠군요."

"바로 그거지. 인어 새끼는 말이야, 암컷이든 수컷이든 고양이처럼 호기심이 많아. 특히 구슬처럼 생긴 동그란 것들이 달그락거리면 사족을 못 쓰고 만져 보려 덤비지. 주위에 사람이 있건 없건 그것에 정신이 팔려 버린다네. 오죽하면 옛날에 보름달 뜬 밤 바다에서 인어 새끼가 달구경하러 고개를 내밀었다가 잡혔다는 얘기가 전해져 내려오겠나."

인어에 대해 거침없이 이야기를 쏟아 내던 공 영감이 멈칫하며 말을 멈추더니, 우물거리듯 한마디 덧붙였다.

"조목조목 어찌 그리 잘 아는지 궁금하지? 여기저기서 들은 얘기야. 내가 자네보다 훨씬 오래 살지 않았나."

"사람이 인어를 먹으면 얼마나 살 수 있소?"

덕무가 물었다.

공 영감의 얼굴에 비릿한 웃음이 떠올랐다. 물을 줄 알았다는 표정이었다.

"얼마나 먹느냐에 달렸지. 영실이처럼 한 방울만 먹으면 한 몇 주일 더 사는 거고."

공 영감은 재차 말을 멈추고 덕무를 지그시 바라봤다. 덕무는 자신이 속으로 무슨 생각을 하는지, 어떤 질문을 하려고 하는지 다 아는 것만 같은 공 영감의 눈초리가 메스껍게 느껴졌다.

"얼마나 먹고 싶은데?"

"내가 먹을 게 아니오. 영실이한테 먹일 거지."

"아무렴. 다들 처음에는 그렇게 말하지."

공 영감이 비아냥거리며 답했다.

"혼자서 반 마리쯤 먹으면 인어만큼 오래 살 수 있다고 하더군."

"인어만큼이라면……."

"천 년쯤."

덕무는 공 영감의 말이 믿기지 않았다.

그러나 믿기지 않더라도 흑암도를 찾아 길을 재촉해야 했다. 그것이 딸을 위해 아비로서 할 수 있는 유일한 일이었기에, 믿기지 않는 이야기를 믿으며 존재의 유무조차 알 수 없는 인어를 잡기 위해 덕무는 새벽 바다를 가로질렀다.

3장

그물에 걸리다

마을로 돌아온 공랑은 병약한 어머니와 허기진 동생들과 둘러 앉아 새끼 인어로부터 받은 황어를 구웠다. 생선 굽는 구수한 냄새가 연기를 타고 온 마을로 퍼져 나갔다. 아직 파도가 높아 배를 띄우지 못해 물고기 구경을 못한 지 어언 달포가 넘은 터, 간만에 생선 굽는 냄새를 맡은 마을 사람들이 삼삼오오 공랑의 집으로 모여들었다. 그중에는 이곳이 동예의 부족 마을이었던 시절부터 대대로 살아 온 토박이 조 씨도 있었다. 마을에서 유일하게 먼바다까지 나갈 수 있는 큰 고깃배를 가지고 있었기에, 마을 남자들은 그 배를 얻어 타기 위해 조 씨를 우두머리로 대접했다. 싫든 좋든 조 씨의 말에 귀를 기울이고 그의 의견을 따랐다. 옛날 같았으면 부족장 노릇을 하고도 남을 위치였다. 조 씨가 괄괄한 목소리로 공랑을 다그쳤다.

"온 마을이 굶는데 너는 물고기 여러 마리가 어디서 나서 굽느냐?"

"해안가 계곡에서 만난 아이가 주었어요."

"그 아이가 누군데 물고기를 주었느냐? 산신령이라도 된다더냐?"

공랑은 동굴 속 호수에서 만난 아이에 대해 이야기했다. 행여나 지어낸 이야기라고 할까 두려운 마음에, 미주알고주알 기억나는 대로 시간 순으로 짚어 가며 최근 며칠 동안 있었던 일을 모두 이야기했다.

"서 씨 할머이 말이 전부 맞았어요. 할머이는 혼잣말을 한 게 아니었어요. 곧 벌어질 일에 대해서 예언한 거였어요. 그 말대로 되었으니까요."

그러자 조 씨가 윽박지르듯 말했다.

"그러니까 네 말은 바닷가 절벽 바위틈 사이에 동굴이 있고, 그리로 들어가서 천 걸음쯤 걸어가면 산보다 더 큰 호수가 나오는데 추자를 뿌리고 풀피리를 불었더니, 물속에서 아이가 떠올라서 개가 꿩 물어 오듯 생선을 물고 와 너에게 주었다, 이 말이냐?"

"네."

어처구니없는 이야기를 듣고 험상궂은 얼굴로 변한 조 씨의 기세에 주눅 든 공랑이 기어들어 가는 소리로 답했다.

"헤엄을 얼마나 잘 치길래 맨손으로 물고기를 잡아 온단 말이냐?"

"그 아이가 산신령이라도 되느냐?"

"물고기를 훔쳐 놓고 둘러대느라 황당한 이야기만 쏟아 내는구나."

"바른대로 대거라. 어느 집에서 훔친 물고기더냐?"

빈정거리며 문초하듯 쏟아 내는 어른들의 질문에 공랑이 다급하게 말했다.

"인어라고 했어요, 서씨 할머이가."

짧은 순간, 마을 남자들의 말문이 일제히 막힌 듯 침묵이 흘렀다. 이윽고 조 씨가 입을 열었다.

"분명 서 씨 할멈 말로 그 아이가 인어라고 했겠다?"

극심한 추위와 자연 재해에 시달리며 삶의 벼랑 끝에 서 있던 마을 사람들은 무슨 이야기든 믿을 준비가 되어 있었다. 지금의 고로한 삶에서 구원해 준다면, 더 나은 삶을 약속해 준다면, 그것이 돌이던 보름달이던 냉수를 떠 놓고 빌 준비가 되어 있었다. 그만큼 절박했다. 만에 하나 공랑의 말이 사실이라면, 정말 이 마을에 인어가 산다면, 그것은 산신령을 만난 것보다 더 중차대한 일일지도 몰랐다. 인어를 잡아먹으면 만병이 치유되고 영생불멸한다는 전설 같은 이야기가 통천 지방에 대대로 전해져 내려오기 때문이었다.

조 씨를 비롯한 마을 사람들은 공랑을 앞세워 마을 끄트머리에 있는 서 씨 할머니의 오두막을 찾았다. 서 씨 할머니는 양지바른 곳에 쭈그려 앉아 풀떼기를 다듬고 있었다. 공랑을 앞세운 마을 사람들이 몰려오자, 할머니는 이미 무슨 일로 왔는지 안다는 듯 공랑을 지그시 바라보다 입을 열었다. 평소 혼잣말처럼 중얼거리던 힘없는 목소리가 아니었다. 옹골차고 카랑카랑하고 준엄한 목소리였다. 공랑을 바라보는 근심 어린 표정이 할머니의 정녕함을 말해 주고 있었다.

"얘야, 다시는 가지 말라고 하지 않았냐. 안 가겠다고 약속하고서 왜 또 찾아간 게야?"

공랑이 어깨를 잔뜩 움츠린 채 대답을 못 하고 머뭇거렸다.

"할멈, 이 아이가 인어를 만났다던데, 우리 마을에 인어가 산다는 게 사실이오?"

조 씨가 사뭇 엄숙한 표정으로 물었다.

서 씨 할머니는 조 씨의 말에 아랑곳하지 않고 공랑에게 다시 물었다.

"안 가기로 약속하고서 왜 또 갔냐?"

"배가 고파서 갔어요. 나도 동생들도 몹시 배를 주려서요."

공랑이 답했다.

입빠른 마을 아낙이 재촉했다.

"할멈, 귀가 먹었소? 우리 마을에 인어가 있느냐고 조 씨가 묻잖소?"

"있으면?"

"있으면 잡아야지요. 인어가 영생불멸하는 약인 걸 모르는 이가 없는데. 인어 한 마리 잡아먹으면 천 년을 산다잖소."

"할멈, 이 아이 말이 동굴 속 호수에서 만난 것이 여리고 말캉한 게 사람같이 생겼다는데 그것이 인어 맞소?"

조 씨가 다그치듯 물었다.

"알려고 하지 마. 알 필요 없어. 가지도 마. 그럴 필요 없어."

서 씨 할머니가 허공에 대고 말하듯 중얼거렸다.

"이 할멈이 노망이 도졌나? 말귀를 못 알아듣네. 인어인지 아닌지만 말하라니까 무슨 헛소리요?"

입빠른 아낙의 다그침에 서 씨 할머니는 순간 돌변하더니, 광기 어린 눈빛으로 거친 말들을 쏟아 냈다.

"물에 빠져 뒈질 것들! 당최 머릿속에 똬리 튼 욕심이 보라는 것만 보고, 들으라는 것만 들으니 뭔들 알 길이 있나. 말해 준다고 너희가 헤아릴 수 있을까 보냐? 먹지도 못할 것 잡느라 헛수고하지 마라. 어차피 곧 물에 빠져 물고기 밥이 되고 말 테니."

서 씨 할머니의 정신이 오락가락해져 대화가 불가능해지자, 마을 사람들은 불평 한마디씩 툴툴 뱉은 후 집으로 돌아갔다.

그날 밤, 잠자리에 든 마을 사람들은 쉬이 잠을 이루지 못하고 뒤척였다. 만약 어린 공랑의 이야기가 사실이라면 어마어마한 일이 아닐 수 없었다. 인어를 먹으면 천 년을 살 수 있다는데, 그 인어가 지금 자기 마을에 있다는 것이 아닌가? 영생불멸의 길이 목전에 놓여 있다는 것이 아닌가? 인간들은 같은 꿈을 꿀 때 상상조차 할 수 없는 일을 해낸다. 그것이 선한 일이든, 악한 일이든 상관없이. 그날 밤, 모두의 마음에 같은 꿈이 영글었다. 인어를 잡아먹고 천 년을 사는 꿈이었다.

다음 날 아침 일찍, 마을 어부들 댓 명이 공랑의 집 앞에 모여들었다. 큰 덩치만큼 목소리도 굵고 걸걸한 조 씨와 그의 배를 얻어 타야 하기에 조 씨를 두목처럼 따르는 심씨, 전씨, 배 씨 그리고 올해 열일곱 살로 갓 소년티를 벗은 조 씨의 아들 조석이었다. 그들은 자고 있던 공랑을 밖으로 불러내고는 다짜고짜 동굴로 가는 길을 안내하라고 을러댔다. 공랑은 잠이 덜 깬 듯 눈을 비비며 시간을 끌었다. 그러면서 어떻게 대답할지 속으로 궁리를 했다.

'인어가 어디에 있는지 그 누구에게도 알려 주지 않으리라.'

어제 밤새 곰곰이 생각하며 이렇게 결심한 공랑은 조 씨 일행은 물론이고, 마을 그 누구에게도 순순히 인어의 위치를 알려 줄 생각이 없었다.

공랑은 아직 코밑에 털도 안 난 열 살 소년이었지만 한 집안의 가장이었다. 아버지가 가족들을 먹여 살리러 바다에 나갔다가 영영 돌아오지 않은 그해부터, 어지럼증이 심해 일을 못 하는 홀어머니와 자기 자신 그리고 밑으로 세 동생들은 매해 한두 번씩 굶어 죽기 일보 직전까지 가곤 했다. 그때마다 동생들을 앞세워 마을을 돌아다니며 음식을 구걸해야 했다. 얼굴이 화끈거리고, 뒤통수가 따갑고, 혼이 땅바닥에 떨어져 데굴데굴 굴러다니며 비굴해지는 느낌이 들었으나, 동생들을 생으로 굶겨 죽일 수는 없는 노릇이었다. 말없이 식은 밥이나마 한 덩이 주는 이웃도 있었다. 반면에 옛날에는 가뭄이 들면 애 많은 집은 막내부터 차례로 삶아 먹었다느니, 계집애는 돈 많은 집에 팔았다느니 하는 무시무시한 이야기를 위로랍시고 침 뱉듯 아무렇게나 내뱉는 이웃들도 있었다. 그런 소리를 들을 때마다 공랑은 지긋지긋한 가난의 늪에서 반드시 탈출하고야 말리라 마음속으로 다짐했다.

공랑은 자신과 가족 모두가 늪에 빠져 있다고 여겼다. 어머니도, 동생들도, 친척들까지도, 주변의 모든 이가 함께 빠져 있으니 스스로 빠져나올 길이 보이지 않았다. 늪에 더 깊이 잠기지 않으려 옆 사람의 손을 잡아도, 그 사람 역시 가라앉고 있기에 둘이 함께 더 깊이 빠질 수밖에 없었다. 주변 모두가 찢어지게 가난한 상황에서는 외부의 강력한 도움이 없는 한, 다시 말해 하늘이 돕지 않는 한 가난이라는 늪에서 영영 빠져나갈 방법이 없었다.

어젯밤 꿈에서 공랑은 깊은 늪에 빠져 점점 가라앉는 자신에게 굵은 동아줄이 내려오는 환상을 보았다. 기쁜 마음에 올려다보니 늪 밖에 인어가 서 있었다. 해안가 동굴 속 호수에서 공랑에게 물고기를 던져 주던 그 아이였는데, 허우적대는 자신을 보고 키득거리며 웃더니 굵은 동아줄을 던져 주었다. 공랑은 그 줄을 붙들고 늪을 빠져나왔다. 늪 밖의 세상은 눈에 보이는 모든 것들이 금과 은으로 번쩍거리는 황궁이었다. 그곳에서 신라의 어린 왕인 효소왕이 공랑을 반갑게 맞아 주었다. 왕은 공랑에게 자신은 어린 나이에 왕이 되었으나 몸이 병약하여 단명할 운명이었는데, 공랑 덕분에 장수하게 되었다며 고마워했다. 그리고 공랑에게 큰 벼슬과 땅을 하사하겠다는 말을 건넸다.

어쩌면 이 모든 건 우연이 아닐지도 몰랐다. 큰바람이 불던 날 무모하게 바닷가로 걸어 나간 것이며, 바람에 몸이 날아갈까 두려워 해안 절벽 바위틈으로 피한 곳이 하필 그 많은 바위 중 동굴의 입구였던 것이며, 부르지도 않은 인어가 머리를 내밀고 자신에게 찾아온 것이며……. 공랑은 이 모든 정황들이 한 가지를 가리킨다고 생각했다.

'만약 누군가 인어를 가져도 된다면, 그 인어는 내 것이다. 산중의 버섯도 제일 먼저 발견한 사람 것이고, 바다의 물고기도 잡은 사람이 임자이듯, 인어도 내가 먼저 발견했으니 내 것이다. 내 것이기에 내 마음대로 처분할 수 있다. 마을 사람들과 나눌 필요가 없다. 나눌 것이라면 신라의 왕인 효소왕에게 바치겠다. 그럼 왕이 불로장생하는 인어를 바친 나와 내 가족에게 큰 상을 내릴 것이다.'

공랑은 이렇게 결론을 내렸다.

공랑의 머뭇거림이 길어지자 조 씨를 비롯한 일행의 표정이 험악해졌다. 공랑은 그곳을 정말 우연히 발견했기에 정확히 바닷가 어느 쪽으로 걸어 나갔는지부터 전혀 기억나지 않는다고 둘러댔다. 얼굴 하나 붉히지 않고 그럴듯하게 거짓말을 했지만 조 씨의 반응은 냉담했다.

"벌써 여러 차례 다녀왔는데, 당장 어제도 다녀왔는데, 기억이 나지 않는다? 네가 바보인 거냐, 아니면 네가 우리를 바보로 여기는 거냐?"

"그게 아니라니까요. 정말 기억이 나지를 않습니다요. 첫 번째 갔던 날은 태풍이 너무 심해 어디가 어딘지 알지도 못하고 큰바람을 피해 흘러 들어간 거고요. 그 후론 잠결에 무엇에 홀린 듯 갔다 왔기에 어디로 갔다 왔는지 기억이 흐릿하단 말입니다요."

그 순간, 시치미를 뚝 떼고 말하던 공랑의 귓방망이가 번쩍하더니 눈에서 불이 날 것만 같았다. 조 씨가 공랑의 뺨을 친 것이다.

"왜 때려요!"

대드는 공랑에게 조 씨가 말했다.

"이제 흐릿한 게 사라지고 기억이 또렷해졌느냐?"

반대쪽 귀에서 또 한 번 불이 번쩍했다.

"아직도 기억이 안 나느냐?"

한마을에서 태어나 지금까지 이웃으로 살았지만, 조 씨를 비롯한 일행은 그간 공랑이 알던 이웃 어른들이 아니었다. 매일 마주하던 익숙한 얼굴이 낯설게 느껴졌다. 어른들 얼굴에는 독기가 서렸고, 표정에는 살기가 꿈틀댔다. 처음 보는 생소하고 살벌한 표정이었다. 세 번째 주먹에 코피가 터지는 순간, 공랑은 폭력이 이대로 멈추지 않으리라고 확신했다.

'이들은 어떻게든 나를 앞세워 인어를 잡으러 갈 것이다. 그리고 인어를 잡으면 자기들끼리만 나눠 가질 것이다. 작디작은 인어의 몸통을 나눠 봤자 내 몫은 없을 게 분명하다.'

이렇게 결론을 내린 공랑은 아예 입을 다물어 버렸다. 그로부터 열 대를 더 맞아 머리가 터지고 입술이 깨졌으나 공랑은 아무

말도 하지 않았다. 조 씨 일행이 떠나고 공랑은 방에 기어들어 와 드러누웠다. 어지럼증으로 자리에서 못 일어나는 어머니는 무슨 일이 벌어졌는지 눈치채지 못했지만, 동생들은 올망졸망 모여 걱정스레 공랑을 내려다보았다. 바로 아래 여동생 공진이 수건에 물을 묻혀 와 공랑의 터진 상처를 닦아 주며 물었다.

"오라버이, 그냥 알려 주면 안 돼?"

"뭘 알려 줘?"

"인어가 어디 있는지. 그냥 알려 줘 버려. 그래야 오라버이가 무사할 것 같아."

"안 돼. 알려 줄 수 없어."

"왜?"

"임금님께 직접 말해 줄 거니까. 그러면 임금님이 고맙다고 우리 집에 땅을 줄 거야. 벼슬도 줄 거고. 우리는 다시는 가난하지 않게 될 거야."

다음 날, 조 씨 일행이 또 찾아왔다. 공랑은 여전히 입을 다물었고 또 두들겨 맞았다. 마을의 원로 격인 허 씨 할아버지가 나서서 말리지 않았더라면 공랑은 큰 상해를 입었을 것이다. 집 앞 길바닥에 쓰러져 정신을 잃은 공랑을 버려둔 채 조 씨 일행은 바닷가로 걸어 나가 바다와 마주한 절벽 앞에 섰다. 이미 몇몇 마을 사람들이 나와 바위틈을 찾아 뒤지고 있었다. 조 씨보다 먼저 달려 나온 사람들이었다. 성벽보다 높은 바위 절벽이 해안을 둘러 길게 솟아 있었다. 돌과 바위가 섞인 곳마다 틈이 벌어져 있어서 바위 틈은 벌집 구멍처럼 많았다. 절벽을 얼마나 기어올라가서 어디를 뒤져야 할지 알 길이 없었다.

한나절을 뒤졌으나 허탕이었다. 모두들 지쳐 갈 때쯤 비명이 들리더니 지붕에 올린 볏단이 풀썩 떨어지는 소리가 들렸다. 사람들이 돌아보니, 몸뚱이 하나가 절벽 아래 바위 바닥에 내동댕이쳐져 있었다. 목이 심하게 꺾이고 허리가 반대로 치우친 것을 보니 큰 사고를 당한 것이 분명해 보였다. 그는 하필이면 조 씨의 아들 조석이었다. 바위틈을 찾아 절벽 높은 곳까지 기어올라가 뒤지다가 발을 헛디뎌 절벽 아래로 추락한 것이었다. 조석은 그때까지 두 눈을 희미하게 뜨고 있었으나, 목 아래로는 아무런 움직임이 없었다.

"아부지, 나…… 못 움직이겠어요. 손가락도, 발가락도, 한 개도 못 움직이겠어요."

조 씨는 아들을 업고 와 방에 눕혔다.

"석아, 불쌍한 석이. 우리 석이 살려 내라. 우리 석이 살려 내!"

사지가 마비된 아들을 보며 조 씨의 부인은 아들을 살려 내라고 울부짖었다.

조 씨도 눈이 빠질 듯이 울었다. 석이는 조 씨의 늦둥이이자 유일한 아들이었다. 집안의 대를 이을 독자였다. 심 씨와 전 씨가 공랑의 머리채를 잡아 조 씨 집으로 끌고 왔다. 그들은 공랑을 마당에 꿇어 앉혔다. 방문이 열리고 눈물을 한꺼번에 다 쏟아 버린 듯 두 눈이 벌겋게 충혈된 조 씨가 공랑을 쏘아보며 말했다.

"두말하지 않겠다. 내 아들을 살려 내라."

"내가 어떻게 살려 내요?"

"인어를 먹으면 무슨 병이든 낫고 불로장생한다고 하지 않았냐?"

"난 몰라요. 그건 내가 한 말이 아니잖아요."

난처한 공랑이 우물쭈물 답했다.

"지금 내 심정이 어떤지 안다면 나에게 그 어떤 말대꾸도 하지 못할 거다. 내 아들이 못 일어나면, 네 동생들을 한 명씩 절벽에서 떨어뜨려 우리 석이와 똑같이 만들어 주마. 그러면 너도 내 심정을 이해하게 될 거다."

"그런 법이 어디 있어요? 왜 죄 없는 내 동생들을 해쳐요?"

조 씨의 협박에 기겁한 공랑이 반발했다.

"원래 법이란 책에만 쓰여 있는 거지 실제로 있는 게 아니야. 우리 마을에서는 내 말이 법이다. 내일 아침 동틀 때 출발할 테니 길을 안내해라. 안 그러면 첫째 동생부터 절벽으로 데려가겠다."

자기 할 말만 도장 찍듯 말한 조 씨는 방문을 왈칵 닫았다.

더는 숨을 곳도 피할 곳도 없었다. 공량은 인어를 임금에게 바칠 수도, 자기 혼자 데리고 있을 수도 없다는 것을 깨달았다. 그러기에는 인어가 너무나 특별했다.

*

덕무의 배가 흑암도 근처에 다다랐다. 바다 위로 창처럼 가늘고 뾰족하게 솟은 검은 바위들이 첩첩이 보였다. 바위와 바위 사이의 좁은 물길에 몰아치는 파도로 인해 물살이 거셌다. 더 이상 배의 조타나 제어가 불가능했다. 덕무는 배의 돛을 접었다. 지금부터 배를 움직이는 것은 바람이 아니라 운명이라는 것을 알기 때문이었다. 거친 물살에 밀린 배가 켜켜이 쌓인 암초들 틈에 속수무책으로 미끄러져 들어갔다. 배가 섬에 빨려든다고 느낀 순간, 불현듯 지척을 분간할 수 없을 만큼 짙은 안개가 주위를 덮었다. 눈앞에는 뿌연 안개뿐 아무것도 보이지 않았다. 그 순간, 덕무는 키를 잡은 양손에 힘을 풀고 두 눈을 감았다. 눈을 감자 신기하게도 소리까지 잦아들었다. 뱃전을 사정없이 때리던 파도 소리며, 암초에 부딪힌 거센 물살이 부서지는 소리며, 진즉부터 따라오며 울던 갈매기 소리까지 주변의 모든 소리가 사그라지고 정적이 흘렀다. 눈과 귀를 닫아 버린 덕무는 마음속으로 수를 세기 시작했다. 초행길에도 종내 눈을 감고 배가 바위에 부딪혀 박살 나기를 기다리며 수를 세었더랬다. 죽음이 다가오는 발자국 숫자를 세듯 수를 세는데 강치 짖는 소리가 들리기 시작했었다. 그 소리에 반응한 덕무는 소리가 알려 주는 대로 배를 몰아 암초들 사이를 구사일생으로 빠져나갔었다.

여덟이었나 아홉이었나……. 아무튼 열이 넘지 않았을 때 강치가 짖었다. 만약 열을 셀 때까지 들리지 않는다면 이번에는 강치들이 도와주지 않는 것이고, 그렇다면 덕무의 배는 바위에 부딪혀 마른 낙엽처럼 부서질 것이었다. 영실도, 영득도, 이 땅에서 다시는 볼 수 없게 될 일이었다.

"하나, 둘, 셋."

마음속으로 숫자를 세는 데 떨림이 느껴졌다. 마음의 떨림이었다.

"넷, 다섯, 여섯."

지금껏 살아온 삶이 두루마리처럼 펼쳐지더니 짧지 않은 사십 평생이 주마등처럼 지나갔다.

"일곱, 여덟."

아직도 강치의 소리가 들리지 않았다. 스산하고 차가운 기운이 얼굴에 느껴졌다. 바위가 코앞에 있음이 분명했다. 저 바위에 부딪힌다면 모든 것은 끝날 일이었다.

'아홉'을 셈과 동시에 덕무의 왼쪽 뺨에 물방울이 튀었다. 아니,

끈적끈적한 그것은 짐승의 침방울이었다. 그리고 컹, 컹! 짖는 소리가 들렸다. 강치였다. 덕무는 눈을 번쩍 뜨고 반사적으로 배를 오른쪽으로 틀었다. 눈앞은 아직도 안개뿐이었으나 배의 키를 틀면서 보니 배의 왼편이 암초 모서리와 충돌하기 일보 직전이었다. 왼쪽 귓불을 물기라도 할 듯 옆에서 들리던 강치 소리가 멀어지는가 싶더니 오른쪽에서 강치 짖는 소리가 들렸다. 덕무는 뱃머리를 왼쪽으로 다시 틀었다. 그리고 오로지 소리를 따라갔다. 소리가 가라 하면 갔고, 비키라 하면 비켰다. 스스로 판단하기를 멈추고 강치의 인도에 몸을 맡겼다. 말하지 않고 듣기만 했다. 판단하지 않고 따르기만 했다. 그렇게 얼마나 갔을까. 거짓말처럼 안개가 걷혔다. 그리고 덕무의 두 눈앞에 바다 위 동굴의 입구가 보였다. 흑암도의 바다 동굴이었다. 덕무는 키를 잡은 두 손을 놓았다. 거기서부터는 배가 스스로 움직였다. 고요하면서도 유유히 흐르는 물결이 덕무의 배를 부드럽게 동굴 속으로 밀어 넣어 주었다.

긴 동굴이 끝나는 곳에 호수가 있었다. 천국이 있다면 이런 모습일까. 그곳은 눈부시게 아름답고 찬란했다. 하늘을 덮은 동굴 천장의 미세한 돌 구멍들을 뚫고 들어온 햇빛이 수천 갈래로 나뉘어 호수 구석구석에 떨어지고 있었다. 호수에 담긴 푸르스름한 옥빛 물살이 빛 조각과 어우러져 오채영롱하게 빛났다. 덕무는 준비해 간 호두 꾸러미를 그물에 연결해 물에 던졌다. 추자보다 동글동글한 호두가 새끼 인어의 호기심을 자극하기에 더 좋을 거라고 생각했다. 그물추의 무게로 그물은 가라앉았고, 호두 꾸러미만 수면 위에 둥둥 떴다. 기다림이 시작되었다.

동굴 천장 틈으로 부서져 들어오던 하얀 갈래 빛이 노르스름하게 변하더니, 다시 불그스름해졌다. 노을이 해를 밀어내고 있었다. 불그스름해진 빛은 푸르스름하게 바뀌었다가 이내 사라지고 어둠이 짙게 깔렸다. 물과 물이 부딪히는 소리, 물이 살이 되고 결이 되어 움직이는 소리, 물무늬가 만들어 내는 미세한 파동이 마치 자장가처럼 들렸다.

잘랑잘랑.

작은 물방울이 춤추듯 잘랑거리며 부딪히는 소리를 들으니 덕무의 두 눈이 스르르 감겼다. 금강산 기슭에 살던 열여덟 소녀 임 씨와 혼인해 데리고 오던 날이 떠올랐다. 걸음을 재촉해 고개를 넘는데 보퉁이 한 개를 끌어안은 아내가 자꾸 뒤를 돌아보았다. 진분홍 꽃이 활짝 핀 밥풀때기나무 아래에서 임 씨의 부모님과 동생들이 보이지 않을 때까지 손을 흔들었다.

찰랑찰랑.

물방울이 물결을 이루어 뱃전에 밀려와 부딪히는 소리가 찰랑거리며 들려왔다. 아내를 배에 태워 섬으로 데리고 오는 길에 배 옆에 따라오는 돌고래들을 보고, 아내는 어린아이처럼 기뻐하며 웃었더랬다. 웃음 짓는 아내의 모습에 덕무는 세상을 다 가진 기분이었다.

덕무의 품에서 아내가 물었다.

"당신은 왜 외딴 무인도에서 살려고 해요?"

"아무도 해치고 싶지 않아서 그렇소."

덕무가 대답했다.

"당신은 나무 같은 사람이군요."

아내가 속삭였다.

일렁일렁.

영실을 낳은 아내를 위해 덕무는 돌미역을 한가득 따다가 국을 끓였다. 아내는 국물을 한 번 떠먹고 영실을 한 번 보고, 국물을 두 번 떠먹고 덕무를 보고 웃었더랬다.

넘실넘실.

배 옆구리를 간지럽히며 넘실거리는 물소리가 덕무를 깨웠다. 동이 텄다. 수면에 둥실 떠 있던 호두 꾸러미가 사라지고 없었다.

그물에 매달아 놓아 떠내려가진 않았을 테니, 누군가 물 밑에서 잡아 끌어당겼을 것이다. 그물은 호두 꾸러미가 끌려 내려가면 그물추에 연결된 끈이 입구를 막게끔 고안되어 있었다. 따라서 무엇인가가 호두알 꾸러미를 잡아당겼다면, 그 무엇인가는 그물에 갇혀 있을 공산이 컸다.

덕무는 밧줄을 천천히 잡아 올리기 시작했다. 그물이 꺽꺽 소리를 내며 도르래에 감겨 올라왔다. 팽팽하게 당겨져 올라오는 것으로 보아 무언가 잡혔음을 짐작할 수 있었다. 도르래가 멈췄다. 그물 안에 새끼 인어 두 마리가 서로를 꼭 끌어안은 채 오들오들 떨고 있었다. 둘 다 어려 보였는데 성별이 다른 듯했다. 사내애처럼 생긴 인어는 한 손에 호두 꾸러미를 꼭 쥐고, 다른 손으로 계집애 같은 인어의 옆구리를 끌어안고 있었다. 계집애처럼 생긴 인어는 양팔로 사내애 같은 인어의 어깨를 보호하듯 감싼 채 겁에 질려 울고 있었다. 덕무는 둘이 영실과 영득처럼 남매지간일 것으로 짐작했다. 계집애같이 생긴 인어가 눈물을 흘릴 때마다 유리구슬 같은 알갱이가 동그란 눈을 타고 흘러내렸다. 잠시 후 둘은 동시에 입술을 모아 소리를 내어 울었다.

삘리리, 삘리리.

풀피리 소리가 호수를 가로질러 퍼져 나갔다.

새끼 인어들은 팔다리가 있었으나 다리는 제구실을 못 하는 듯했다. 엉덩이 위에 소꼬리 같기도 하고 생선 꼬리 같기도 한 것이 막 자라기 시작한 듯 뾸록 튀어나와 있었다. 물에서 떨어진 호숫가에 풀어 놓자 새끼 인어들은 물 밖으로 끌려 나온 물고기마냥 바들바들 떨며 제대로 걷지 못했다. 흐늘거리는 양다리는 몸뚱이를 지탱하기에도 벅차 보였다. 갈퀴처럼 생긴 발바닥은 오리발처럼 넓었으나, 한 걸음 뗄라치면 발끝이 땅에 걸려 세 걸음에 한 걸음은 넘어질 듯 위태롭게 휘청거렸다. 양 옆구리에는 작은 지느러미가 팔락거렸다. 지느러미 옆으로 아가미가 있었는데, 물 밖에서는 아가미로 숨을 쉬기가 버거운지 이마를 타고 끈적거리는 땀이 연신 흘러내렸다. 코는 오뚝했지만 콧구멍은 무척 작았다. 계집애의 동그란 두 눈에서 눈물이 비처럼 흘렀다. 사슴처럼 큰 눈을 긴 속눈썹이 절반쯤 덮고 있었는데, 깜박거리며 눈물을 흘릴 때마다 유리구슬 같은 눈물이 흘러나와 땅바닥에서 데굴데굴 굴렀다.

인어라니. 정말 인어를 잡았단 말인가. 덕무는 고래를 처음 보았을 때를 떠올렸다. 배보다 더 큰, 검고 거대한 머리통이 수면 위로 치솟아 올랐을 때, 덕무는 바다가 품은 생명의 경이로움에 고개를 숙였다. 범접할 수 없는 거대함에, 헤아릴 수 없는 신비로움에, 유구한 시간 동안 스스로 살아온 생명의 위대함에 경의를 표하지 않을 수 없었다. 일평생 바다에 의지해 살아온 어부로서 덕무는 바다가 정해 준 규칙을 지키려 노력했다. 바다가 허락한 것만 취하고, 금한 것은 멀리했다. 신비와 비밀을 품은 바다는 어부의 접근을 조금만 허락하지만, 그것만으로도 어부가 일평생 살기에 충분했다. 철 따라 명태, 오징어, 참치, 청어가 몰려왔다. 그것들이 물러가면 그다음에는 광어나 연어가 몰려왔다. 바다가 허락할 때 잡은 그것들은 살이 통통하게 올랐거나, 알을 가득 품고 있었다. 그것으로 충분했다.

그런데 새끼 인어들을 잡아 배에 싣고 돌아가는 지금, 덕무는 바다가 금지한 것을 몰래 잡은 것 같아 속이 편치 않았다. 배 속에 돌멩이가 굴러다니는 것처럼 불편하고 마음이 심란했다. 남의 것을 도둑질한 도둑이 되어 급히 도망가는 심정이었다. 이내 주인이 쫓아와 "이 도둑놈아, 내 것 내놔라!" 하고 호통을 치며 뒷덜미를 잡을 것 같았다. 엄습하는 죄책감을 쫓아내기 위해 소리 내어 중얼거렸다.

"영실아, 조금만 기다려라. 아비가 약 만들어 주마. 얼른 먹고 살자, 내 딸 영실아."

덕무는 바다를 가로질러 집으로 돌아왔다. 바삐 서둘러 왔는데도 한밤중이 되어서야 집에 도착했다. 밤바다에서 길을 잃을까 노심초사했는데 하늘이 도왔다. 하늘에 밝게 뜬 달빛과 별빛이 갈

길을 비춰 주었다. 그 빛에 의지해 집으로 무사히 돌아왔다. 키가 어른 허리께까지 오는 것으로 보아 새끼 인어들이었다. 수놈은 전혀 쓸모가 없다고 공 영감에게 들은 터라 호수에 도로 던져 넣을까 생각했었다. 그런데 두 새끼 인어들이 서로를 꼭 끌어안고 있어 떼어 놓기가 애매했다. 억지로 떼어 놓다가 계집애 인어가 다치기라도 하면 큰일이라 그냥 둘 다 데려와 버렸다.

서로 끌어안은 두 새끼 인어의 몸통을 한 줄로 포박해 생선을 담던 커다란 궤짝에 넣고, 궤짝 뚜껑을 새끼줄로 둘둘 말아 단단히 묶었다. 흑암도에서 덕무의 집까지 돌아오는 데 반나절이 걸렸다. 궤짝을 짊어지고 집으로 올라가자마자 뚜껑을 열어 보니, 두 놈 다 죽은 듯 축 처져 있었다. 죽은 건 아닌지 걱정이 되어 계집애 인어의 뺨을 살짝 눌러 보았다. 그랬더니 눈을 가늘게 뜨고 입을 빼끔 벌린 채 오들오들 떨었다. 사내애같이 생긴 인어는 시름시름 앓는 듯 눈을 못 뜨고 땀을 비 오듯 흘렸다. 덕무는 피가 잘 돌도록 새끼 인어들을 포박한 줄을 풀어 주고 광에 가두었다. 움직임이 시원치 않아 굳이 묶어 놓을 필요는 없었다. 광문에 빗장을 걸고, 영실의 방문 앞에서 딸이 무사한지 숨소리를 확인한 뒤, 자신의 방에 들어가 지친 몸을 뉘었다. 해가 떠오르고 있었다. 어제 새벽같이 나왔으니까 꼬박 이틀 만에 누운 셈이었다.

늦은 아침에 영득이 덕무를 흔들어 깨웠다. 영득의 목소리는 마치 선물이라도 받은 듯 들떠 있었다.

"아부지, 광에 웬 애들이 있어요."

"애가 아니라 물고기다."

잠에서 깬 덕무가 눈을 비비며 말했다.

"물고기 아닌데? 애들 두 명이 자고 있는데? 물고기면 대가리랑 몸통이랑 꼬리만 있잖아요. 얘네들은 팔, 다리, 눈, 코, 입 다 있어요."

"사람처럼 생겼다고 다 사람이 아니다. 저것들은 생김새만 사람처럼 생겼지, 속은 그냥 물고기야."

"생긴 건 사람인데 속은 물고기라고요? 무슨 물고긴데요?"

영득은 덕무의 설명이 무슨 뜻인지 알 수 없었다.

"인어."

머뭇거리던 덕무가 마지못해 답했다.

"잉어?"

잘못 알아들은 영득이 되물었다.

"인어."

"아…… 인어. 와…… 쟤들이 인어구나. 근데 인어는 물고기인 줄 알았는데, 쟤들은 사람인데요?"

"강치가 개를 닮은 것처럼 인어는 사람을 닮았을 뿐 그냥 물고기에 불과해."

"아부지, 인어랑 같이 놀아도 돼요?"

"안 된다, 영득아."

"왜요? 같이 놀면 왜 안 돼요?"

"약으로 쓸 거다, 네 누이 약으로. 그러니 앞으로 광 근처에 가지 마라."

어린 아들에게 윽박지르듯 말한 후, 덕무는 쓴 약을 삼킨 것처럼 입을 닫았다. 분명 목적하는 바를 이루었는데, 흑암도에 무사히 들어가 있을지 없을지 모를 인어를 잡아 왔는데, 목숨을 건 도박에 성공했는데, 영문을 알 수 없는 거북함이 마음을 채웠다. 먹지 말아야 할 열매를 딴 것처럼, 넘지 말아야 할 선을 넘은 것처럼 마음이 황막해졌다.

점심 즈음 공 영감이 왔다. 오리 바위에 배를 대고 난 후, 지팡이와 외다리를 번갈아 짚으며 오르막길을 허겁지겁 걸어 올라왔다. 마당에 선 덕무를 발견한 공 영감이 가까운 벗이라도 만난 양 성급히 다가서더니 다짜고짜 물었다.

"잡았나? 정말 잡아 온 건가?"

"잡았소. 두 마리요."

"두 마리? 성별은? 크기는?"

한꺼번에 여러 질문을 쏟아 내느라 공 영감의 얼굴이 일그러졌다. 입꼬리는 씰룩거리고 눈꺼풀은 떨렸다.

"암컷 하나, 수컷 하나. 남매인 것 같은데, 둘 다 새끼이지 않나 싶소."

"옳거니. 새끼면 어미가 찾으러 올 것이네. 다 컸다면 바로 토막 내서 끓이면 될 일이고. 일단 보세."

광문을 열자 바닥에 인어 남매가 웅크리고 앉아 바들바들 떨고 있었다. 공 영감은 말을 잃은 듯 한동안 미동도 없이 인어를 뜯어보았다. 조상에게 전해 들은 설화 같은 얘기를 본인 입으로 전하면서도 인어가 진짜로 있으리라고는 꿈도 꾸지 않았으리라 덕무는 짐짓 짐작했다. 낡고 오래된 거짓말 같은 이야기를 공 영감 자신도 사실은 믿지 못했을 것이다. 덕무의 등을 떠밀어 보내면서도 진짜로 흑암도에 무사히 들어가서 인어를 잡아 오리라고는 기대하지 않았을 것이다. 그런데 실현될 수 없으리라 여긴 그 일이 벌어지고 만 것이다. 그러니 당황할 수밖에. 공 영감은 키 쓰고 소금 받으러 온 오줌싸개처럼 어정쩡한 모습으로 말없이 광 앞에 서서 인어들을 한동안 바라보았다.

"인어가 맞소?"

공 영감에게 묻는 덕무의 목소리에 자신감이 가득했다.

"인어란 말이지. 이것들이 인어가 맞구나. 그 긴 세월을 찾아다녔는데 진짜로 흑암도에 숨어 있었구나. 정말 꽁꽁 잘도 숨어 있었어. 허허허."

대답하는 대신 공 영감은 홀로 웃으며 혼잣말을 되뇌었다. 허허 소리를 내며 웃는데, 웃음소리의 끝이 가늘게 떨렸다.

"이제 어떻게 하면 되오?"

"가만 보자. 암놈 하나, 수놈 하나이니 자네 말대로 한배에서 난 남매가 맞나 보이. 수놈이 덩치가 더 작은 걸 보니 동생인가 보네. 수놈은 짜 봤자 기름으로 호롱불이나 밝힐까, 약으로는 아무짝에 쓸모가 없어. 옆에 저놈……. 지 동생을 꼭 끌어안고 있는 저 암놈. 저게 약이야. 저놈 배 속에 생명 주머니가 있다네. 무병장수, 불로장생을 이뤄 줄 생명 주머니가."

공 영감의 손가락이 동생을 꼭 끌어안고 오들오들 떠는 계집애 인어를 가리켰다. 공 영감은 입이 바짝 타는지 연신 마른침을 삼켰다. 침묵이 흘렀다. 벽화 속 그림에서 튀어나온 것처럼, 이야기 속에만 존재하던 인어가 덜커덕 나타났으니 지금부터 어찌해야 할지 고민하는 모양새였다. 덕무는 시선을 돌려 먼 하늘을 올려다보았다. 흰 구름이 흘러가고 있었다. 구름 저편에서 혹시라도 아내가 지켜보고 있을는지, 만약 그렇다면 자신이 잘하고 있는 건지 물어보고 싶었다.

*

조 씨와 조 씨 배를 얻어 타는 전 씨, 심 씨, 배 씨까지 도합 네

명의 장정들이 공랑의 안내를 받아 절벽 동굴 입구에 도착했다. 그들은 만에 하나 인어가 정말 존재한다면, 그 인어가 정말 만병을 고치고 장수를 약속한다면, 어떤 대가를 치르더라도 인어를 꼭 찾아내 잡아야만 하는 절실한 이유를 저마다 가지고 있었다. 언청이로 태어난 쌍둥이 딸들이 받는 놀림에 한이 맺힌 전 씨, 집안에 스물 초반을 넘긴 이가 없을 만큼 단명하는 피를 물려받은 심 씨, 떨림병에 걸려 얼굴 신경과 손이 끊임없이 떨리는 배 씨, 외아들이 사지마비로 누워 있는 조 씨까지, 각자 짊어지고 있는 짐들이 있었고 그 짐에서 벗어나고자 하는 소망이 있었다. 하지만 소망이 선을 넘으면 욕망으로 변한다는 것을 그들은 몰랐다. 소망은 해도 되는 것과 해서는 안 되는 것을 구별하지만 욕망은 물불을 가리지 않는다는 것을, 그래서 욕망의 얼굴은 추할 수밖에 없다는 것을……. 그들은 자신들이 무엇으로 변할지 알지 못했다.

조 씨 일행은 고래나 상어를 잡을 때 쓰는 긴 창과 날 선 칼, 날카로운 조개껍데기를 가시처럼 엮은 그물을 들고 왔다. 추자도 한 꾸러미 주워 왔다. 공랑이 새끼 인어를 부를 때 구슬처럼 생긴 추자를 이용했다고 말했기 때문이었다. 인어를 직접 보았던 공랑으로서는 긴 창과 가시 그물까지 갖고 온 어른들이 이해되지 않았다. 그저 구슬만 던져도 호기심 많은 인어가 저절로 나타날 텐데, 굳이 전쟁이라도 벌이듯 창과 칼을 들고 갈 필요가 있을까 싶었다. 그렇지만 또 한편으로 생각해 보면, 공랑 역시 새끼 인어밖에 만난 적이 없었기에 만약 다 자란 아비 인어가 새끼를 보호하기 위해 나타나 맞서기라도 한다면 한바탕 피비린내가 날 수도 있겠다는 생각이 들어 긴장되었다.

길고 좁은 동굴을 통과하니 광활한 호수가 나왔다. 조 씨 일행은 처음 보는 절경에 할 말을 잃었다. 그림이라면 난다 긴다 할 화가도 흉내 못 낼 절세의 풍경이 펼쳐져 있었다. 하늘에 푸르스름한 호수가 떠 있는지, 호수에 파란 하늘이 담겨 있는지 구분하기 어려웠다. 눈앞에 열린 초현실적인 세상에 취해 잠시 말을 잃은 조 씨가 정신을 차리고 공랑에게 주문했다.

"이제 인어를 불러 봐라. 네가 지난번에 했던 대로."

공랑이 조 씨의 눈을 똑바로 쳐다보며 말했다.

"인어를 잡으면, 그래서 인어 기름을 짜게 되면 나한테도 나눠 주세요."

조 씨는 어이없다는 듯이 헛웃음을 쳤다.

"아직 몇 년 살지도 않은 세상 뭘 더 오래 살겠다고? 어린것이 욕심이 많구나."

"나한테도 나눠 준다고 약속해야 인어를 부를 거예요."

공랑은 단호한 목소리로 조 씨의 말을 받아쳤다.

"네까짓 것이 인어 기름을 마셔서 무얼 하려고? 마시고 더 살아서 무엇 하게? 찢어지게 가난하고 배고픈 세상, 더 살면 혹시 부자라도 될 성싶으냐?"

비아냥거리는 조 씨에게 공랑이 답했다.

"울 어머이 드리려고 그래요. 어머이 어지럼병 고치고 자리에서 일어날 수 있도록. 그러니 내 몫을 챙겨 주겠다고 약속해요."

"그래, 뭐 잡기만 한다면야 얼마나 될는지는 모르지만 나눠 주마. 누가 얼마나 가질지는 일단 잡고 나서 이야기하자구."

조 씨가 선심 쓰듯 말했다.

조 씨 일행은 짊어지고 간 추자를 꾸러미째 뒤집어 호수에 뿌렸다. 수십 개의 동그란 알들이 물 위를 떠다니며 서로 부딪혀 달그락달그락 고소한 소리를 냈다. 조 씨 일행은 호숫가 나무 뒤로, 바위 뒤로 한 발씩 물러나 몸을 숨겼다. 호숫가 바위에 걸터앉은 공랑이 옷섶에서 손바닥만 한 나뭇잎을 꺼내 풀피리를 만들어 불기 시작했다. 풀피리 소리가 호수로 퍼져 나갔다.

삘리리, 삘리리.

공랑의 머릿속은 혼돈 그 자체였다. 인어가 나타나기를 바라는 건지, 나타나지 않기를 바라는 건지, 자신이 원하는 것이 무엇인지 알 수가 없었다. 어떻게든 지금 이 상황이 빨리 마무리되기만 바랐다. 자신이 부는 풀피리 소리가 새끼 인어의 귀에는 함께 놀자는 친구의 초대로 들릴 거라 생각하니 죄책감이 엄습했다. 동시에 조 씨가 약속한 기름을 정말 줄지, 준다면 자기 몫은 얼마나 될지, 어머이 드리고 남은 인어 기름을 자신이 먹어야 할지 아니면 돈을 받고 파는 것이 좋을지 등 잡다한 상념이 죄책감을 뚫고 우후죽순처럼 올라왔다. 마음속에 품은 잡생각이 목구멍까지 차올라 공랑이 풀피리 부는 것을 멈추자 정적이 흘렀다.

잠시 후 호수 저편에서 메아리가 돌아오듯 풀피리 소리가 들렸다.

삘리리, 삘리리.

어서 와 함께 놀자는 친구의 부름에 즐겁게 화답하는 소리였다.

잔잔하던 호수에 물보라가 일었다. 새끼 인어가 다가오고 있었다. 이윽고 새끼 인어가 수면 위로 머리를 드러냈다. 공랑에게 물고기를 주었던 계집애였다. 물 위를 떠다니는 수십 개의 추자들이 달그락거리며 새끼 인어의 정신을 온통 빼앗았다. 새끼 인어가 추자들을 하나씩 집어 모으는 모습을 보고, 호숫가 바위 뒤에 숨어 있던 조 씨 일행이 뛰어나오며 그물을 던졌다. 날카로운 조개껍데기가 가시처럼 엮인 그물이 허공에서 휘리리릭 방사형으로 펼쳐지며 새끼 인어의 머리 위로 떨어졌다. 깜짝 놀란 새끼 인어가 그물에 몸이 감기기 전 미꾸라지처럼 빠져나가려 했으나, 그물에 엮인 조개껍데기에 종아리가 걸리고 말았다. 파닥파닥 이리저리 재빠르게 헤엄치며 그물에서 벗어나려 했지만 그럴수록 날카로운 조개껍질에 살점이 베여 뚝뚝 떨어져 나갔다. 새끼 인어가 도망치기 위해 필사적으로 움직이는 자리마다 붓으로 찍은 것처럼 점점이 핏방울이 번졌다. 인어의 피도 사람처럼 붉은색이었다.

성급한 심 씨가 쇠갈고리를 들고 물로 뛰어들었다. 갈고리로 인어의 등짝을 찍으려는 순간, 조 씨가 급하게 물로 뛰어들어 심 씨를 밀어냈다.

"정신 차려! 새끼잖아. 산 채로 잡아야 해!"

처음부터 목표는 새끼가 아니라 어미였다. 어미를 짠 기름만이 불로장생 약이 된다고 들었기 때문이었다. 어미를 잡을 수 있다면 좋겠지만 어미는 사람에게 잡히지 않는다는 걸 알기에, 어미를 유인할 새끼 인어를 산 채로 잡아 마을로 복귀하는 것이 그들의 계획이었다. 그물에 갇힌 새끼 인어의 뒷덜미를 잡아 올려 물에서 건져 내었다. 작고 마른 몸 군데군데 살점이 떨어져 나간 자리에서 피가 뚝뚝 떨어졌다. 새끼 인어의 양팔을 등 뒤로 돌려 포박하고, 양다리는 가죽끈을 돌려 옴짝달싹 못 하게 묶었다. 공포에 파랗게 질린 새끼 인어는 덜덜 떨면서 공랑을 바라봤다. 공랑은 눈이 마주치지 않도록 애써 고개를 돌렸다.

장대기에 단 가죽 올가미를 새끼 인어의 목에 씌운 조 씨 일행은 무릎까지 올 정도로 야트막한 호수 가장자리에 새끼 인어를 밀어 넣어 앉혔다. 포박되어 옴짝달싹할 수 없는 새끼 인어는 처량하고 구슬프게 울었다. 울음소리가 가늘게 떨리며 호수 저편으로 퍼져 나갔다. 조 씨 일행은 바위 뒤에서 잠복했다. 심 씨와 배 씨는 가시 그물을, 전 씨는 긴 창을, 조 씨는 큰 칼을 꼬나 잡고 있었다. 그들과 함께 몸을 숨긴 공량은 고개를 숙였다. 행여 새끼 인어와 눈이라도 마주칠까 봐 미안한 마음에 차마 얼굴을 들 수 없었다. 지친 새끼 인어는 울음을 멈추었다.

시간이 얼마나 흘렀을까. 바위 뒤에 숨은 공량이 잠시 졸다가 눈을 떠 보니 옆에 있는 조 씨가 나머지 일행에게 소리를 죽인 채 입 모양으로 "왔어."라고 말하고 있었다. 바위 사이로 보니 호수 저편부터 일렁거리는 물결이 파도처럼 다가오고 있었다. 호수 위에 뿌려 놓은 추자들이 달가닥 소리를 내며 흔들렸다.

물밑으로 빠르게 다가오는 검은 그림자는 상어나 돌고래만큼 커다란 크기로 보아 다 자란 수컷임이 분명했다. 작은 물보라를 일으키며 통통거리듯 다가오던 새끼 인어와는 물결의 크기와 물살의 세기가 달랐다. 거침없이 다가오는 모습에서 다급함과 분노를 느낄 수 있었다. 바위 뒤에 숨은 조 씨 일행은 숨이 멎을 것 같은 긴장감을 느꼈다. 이마와 턱에서, 콧잔등과 귓불에서 식은땀과 진땀, 불안과 전율이 뒤엉켜 뚝뚝 떨어졌다. 창칼을 쥔 손과 그물을 꼬나 잡은 손은 덜덜 떨렸고, 등줄기를 타고 흐른 땀이 발꿈치를 흥건하게 적셨다. 상어나 고래를 잡을 때도 이렇게 떨리지는 않았다. 상대가 얼마나 큰지, 얼마나 빠른지, 어떻게 해야 잡을 수 있는지 경험을 바탕으로 예상할 수 있기 때문이었다. 그러나 듣도 보도 못한 수컷 인어는 예측할 수 없었다. 거세게 다가오는 저 물 밑에서 무엇이 나올지, 어떻게 싸움을 걸지 그들 중 누구도 알 수 없었다. 조 씨가 속삭였다.

"기다려. 더 다가올 때까지 기다려."

거센 물살 속 그림자가 지척까지 다가오자 추자들이 크게 흔들리며 서로 부딪혀 덜그럭거렸다.

"지금이야!"

조 씨와 심 씨, 배 씨와 전 씨 모두 물로 뛰어들었다. 호수 가장자리는 생각보다 깊었다. 너댓 발자국 만에 허리춤까지 물에 잠겼다. 다른 이들보다 머리통 하나 더 큰 전 씨가 긴 창을 꼬나 잡고 있다가 수면 아래로 지나가는 그림자를 향해 내리찍었다. 그림자는 재빠르게 방향을 틀어 창을 피했다. 그림자가 방향을 튼 쪽에는 조 씨가 기다리고 있었다. 허공을 가른 조 씨의 칼이 수면을 내리찍었으나 물을 거품으로 만들었을 뿐, 그림자는 아슬아슬하게 빠져나갔다. 날카로운 조개껍데기로 엮은 그물을 맞잡은 심 씨와 배 씨가 뱀장어처럼 빠져나가는 그림자를 향해 그물을 던졌다. 휘리릭 그물이 펼쳐지며 수면을 덮었으나 이번에도 그림자는 간발의 차로 빠져나갔다. 상어든 돌고래든 아니면 그 어떤 물고기라도 이쯤 되면 멀리멀리 도망가 생명을 부지했을 텐데, 그림자는 매번 공격을 피할 뿐 자리를 피하지 않았다. 전 씨가 발치에 지나가는 그림자를 향해 긴 창을 다시 내리꽂았다. 그러나 그림자가 재빨리 피한 탓에 전 씨는 자신의 발등을 찍고 말았다.

"으아아악!"

전 씨는 목이 찢어져라 비명을 질렀다. 발등을 뚫은 창끝이 호수 바닥에 박히며 긴 창대가 절로 세워졌다. 전 씨는 창대를 잡고 울부짖었다. 조 씨가 달려가 창을 잡아 뽑자 전 씨의 발등에서 피가 왈칵 쏟아져 나왔다. 조 씨가 호숫가에 선 공량에게 다급하게 소리 질렀다.

"너도 들어와 거들어라. 부축해서 데리고 나가!"

공량이 뛰어들어 가 전 씨를 부축해 호수 밖으로 데리고 나왔다. 전 씨 발등에 뚫린 구멍으로 땅바닥 흙이 보였다.

"아아악, 내 다리!"

이번엔 심 씨가 비명을 지르더니, 다리에 불이라도 붙은 듯 절뚝거리며 혼비백산하여 호숫가로 뛰어나왔다. 심 씨의 왼쪽 종아리에서 피가 흘러내렸다.

"물렸어. 그게 물었어. 상어처럼 물었다고!"

상어처럼 문 건 아니었다. 상어한테 물렸다면 뼈가 부러지고, 신경이 끊어지고, 다리가 절단 났을 테니까. 그보다는 개한테 물린 정도였지만 심 씨는 곧 죽을 것처럼 호들갑을 떨었다. 상대가 눈에 보이지 않으니 공포감은 극에 달했다.

두 명이 호수 밖으로 물러나 생긴 빈틈을 타고 그림자는 새끼 인어가 잡혀 있는 물이 야트막한 지점으로 다가왔다. 그것이 실수였다. 이를 예측한 조 씨가 어느새 새끼 인어 쪽으로 물러나 긴 창을 집어 들고 기다리고 있었던 것이다. 그림자가 다가오자 새끼 인어는 삘리리 소리를 냈다. 반가움에 내지른 소리인지, 위험을 알리려는 시도였는지는 분간할 수 없었다.

새끼 인어의 지척까지 다가온 물속 그림자의 움직임이 둔해졌다. 물의 깊이가 야트막해져 큰 몸을 민첩하게 움직일 수 없는 탓이었다. 기다리던 조 씨가 있는 힘껏 창을 내리찍었다. 날카로운 창의 촉이 그림자의 허리를 꿰뚫었다. 붉은 피가 왈칵 솟구치더니 물 위로 동심원을 그리며 퍼져 나갔다. 배 씨가 쇠갈고리가 달린 작대기로 그림자의 등짝을 찍었다. 바다에서 다랑어를 찍어 올릴 때 쓰던 연장이었다. 혼자서는 끌고 나오기 역부족이었기에 조 씨와 심 씨까지 달려들어 셋이서 함께 작대기를 당겼다.

물 밖으로 끌려 나온 것은 덩치가 큰 남자 어른만 했다. 아비 인어였다. 새끼와 달리 어깨부터 등줄기 그리고 종아리에 갑옷처럼 번쩍이는 은빛 비늘이 덮여 있었다. 허리에 꽂힌 창을 뽑자 피가 쏟아졌다. 옆으로 비스듬히 자빠진 아비 인어는 울컥울컥 피를 토하면서도 갈퀴 달린 양발로 일어서려 애썼다. 새끼 인어가 묶여 있는 쪽으로 가려고 발버둥을 치는 듯했다. 조 씨가 다가와 아비 인어를 살피더니 말했다.

"젠장, 이거 수놈이잖아. 우린 암놈이 필요해. 수놈은 아무짝에도 쓸모가 없다고!"

말이 떨어지기 무섭게 발등에 구멍이 뚫려 잔뜩 화가 난 전 씨가 절구 방망이만큼 두꺼운 몽둥이를 쥐고 절룩대며 다가와 아비 인어의 뒤통수를 내리쳤다. 빼걱. 머리통이 깨진 아비 인어는 버둥거림을 멈추고 죽은 문어처럼 쭉 뻗었다. 조 씨가 아비 인어의 옆구리에 큰 칼을 쑤셔 넣어 반대쪽 옆구리까지 일자로 개복하며 소리 질렀다.

"암놈은 어디 있어? 어미가 와야지! 새끼를 구하고 싶으면 어서 나타나란 말이야!"

끊어진 아비 인어의 몸통에서 창자가 쏟아져 나왔다. 그 모습을 목격한 새끼 인어가 목이 찢어져라 격렬히 울었다. 공랑은 처참하고 끔찍한 모습에 눈을 질끈 감았다. 이렇게까지 지독하게 하지는 않을 줄 알았는데, 이렇게까지 참혹할 줄 몰랐는데, 이들을 데리고 오지 말았어야 했는데……. 소년의 마음에 후회가 소나기처럼 쏟아졌다. 죄의식에 속이 메스꺼워지고, 추한 모습에 토악질이 올라왔다.

분노가 잦아들고 정적이 흘렀다. 조 씨 일행은 입을 다물고 자신들이 순간적으로 벌인 일을 저마다 복기했다. 무엇이 그리도 그들을 화나게 했는지, 평소 살상을 탐닉하는 것도 아닌데, 새끼가 보는 앞에서 아비 인어를 처형하듯 죽여 버린 자신들의 광기를 이내 대면하기 불편해졌다.

"젠장, 먹을 것도 아닌데 괜히 힘만 썼구먼."

피 묻은 칼날을 물에 씻어 내며 조 씨가 겸연쩍게 말했다.

다음 순간, 끼이익 하고 쇠가 갈리고, 자갈이 깨지는 듯한 소리가 들려왔다. 누군가의 날카로운 비명이자 비통한 울음이었다. 모두 소리 나는 방향으로 돌아보았으나 어느새 수면 위로 깔린 안개 때문에 어디서, 누가 지르는 소리인지 알 수가 없었다. 비명인 듯, 신음인 듯한 울음소리가 바람처럼 불어왔다.

4장

갈피를 못 잡고 헤매다

"저 암놈의 기름을 짜야 하는데……."

공 영감이 광 속의 계집애 인어를 한참 들여다보다가 입맛을 쩝쩝 다시며 말했다.

"기름을 어떤 식으로 내면 되오?"

"끓는 물에 한참 삶아서 기름이 동동 뜨면 충분히 식힌 후 짜면 되는데, 문제는……."

"생선 기름 짜듯 하면 되오?"

"그래, 생선 기름 내는 거랑 똑같지. 토막 내서, 피 뽑고, 솥에 넣고 끓여서 기름 뜨면 식혀 가면서."

공 영감은 대답마다 우물쭈물 말끝을 흐렸다. 정확히 알지 못하는 부분이 있는 듯했다.

"내장은?"

"내장이 뭐?"

"내장도 삶소?"

"다 넣고 끓이니까 삶아야지."

"머리도 삶는 거요?"

"생선 삶을 때 대가리도 넣으니까 당연하지 않은가."

어유 내는 법을 모를 리 없는 덕무가 자꾸 하찮은 질문을 되풀이하는 이유는 인어의 생김새가 사람과 너무나 닮아 적잖이 당황한 탓이었다. 가까이서 자세히 뜯어보면 사람과 다른 구석이 조금씩 보였으나, 먼발치서 보면 영락없는 여느 집 아이 모습이기 때문이었다. 더군다나 영실과 영득처럼 인어들도 남매지간인 것 같았다. 그물에 걸려 올라올 때도, 광에 갇힌 지금도 둘은 서로를 꼭 끌어안고 바들바들 떨고 있었다. 다랑어나 강치나 돌고래와 별반 다르지 않을 거로 생각했는데, 막상 잡고 보니 사람을 닮아도 너무 닮아 문제였다.

덕무와 달리 공 영감은 다른 문제로 골머리를 앓고 있었다. 덕무가 잡아 온 인어 중 한 마리가 암컷인 것은 다행이었으나, 나이를 가늠할 수 없어 새끼인지 아닌지 애매해서 골치가 아팠다. 공 영감이 아는 바대로라면 암컷 인어에게 생명 주머니가 생기려면 최소 생후 아흔아홉 달은 넘어야 했다. 아흔아홉 달 미만의 인어에게는 아직 생명 주머니가 없다. 이는 곧 스스로를 치유할 능력이나 무병장수할 생기가 없다는 뜻이 된다. 따라서 기름을 짠다 해도 약효가 없다는 말이다. 천 년이 넘는 세월 동안 입에서 입으로 전해 내려온 믿거나 말거나 한 설로 일축할 수도 있겠지만, 인어가 정말 눈앞에 나타난 이상 믿지 못할 설 하나하나가 면밀히 고려해야 할 절차와 법이 되었다. 인어의 존재 자체가 실제로 증명된 이상, 나머지 설의 신빙성 역시 철저하게 그리고 엄중하게 받아들여야 했다.

둘은 문을 열고 광 속으로 들어갔다. 새끼 인어들이 다가오는 그들을 흠칫 놀라며 바라보았다. 서로 끌어안은 작은 몸이 덜덜 떨렸다. 공 영감이 사내애같이 생긴 인어의 팔을 잡아 계집애 인어 품에서 떼어 놓았다. 그리고 계집애 인어의 턱을 들어 얼굴을 가까이 대고 보다가, 덕무에게 계집애 인어의 뒤로 가서 양 집게 손가락을 인어의 입에 넣어 일자로 벌리라고 했다. 덕무는 공 영감이 시키는 대로 계집애 인어의 입을 벌렸다. 혹시라도 물지는 않을까 걱정이 되기도 했으나 막상 입속에 손가락을 집어넣어 입을 벌리니, 아무런 저항 없이 순순히 벌리는 모습이 주인의 처분만 바라는 처량한 강아지 같았다. 인어의 입속에는 아래위로 이가 한 줄 나 있었고, 그 뒤로 앞줄보다 조금 작은 이가 한 줄 더 나 있었다. 사람 이보다는 뾰족한데 조약돌처럼 맨들거리고, 보석처럼 반짝거렸다. 혀는 사람 혀보다 짧았는데 인절미처럼 말랑말랑

했다. 계집애 인어는 인간의 굵은 손가락이 함부로 입안에 들어와 벌리고 있는 것이 괴로웠는지, 눈에서 눈물 한 방울을 찔끔 떨구었다.

"뒷줄에 나는 이빨 개수로 생후 몇 개월인지 계산한다고 들었던 것 같기는 한데, 워낙 옛날에 흘려들은 얘기라 정확하지도 않고, 기억도 안 나는구먼."

"잘 기억해 보시오. 누구한테 들었소?"

"그때 서 씨가……."

공 영감은 무언가 말을 끄집어내려다가 흠칫 멈추었다. 그리고 덕무를 흘깃 쳐다보고는 낭패한 표정으로 혼잣말인지, 건네는 말인지, 삼키는 말인지 알 수 없는 말을 중얼거렸다.

"계집애가 생후 몇 개월인지 알 도리가 있나."

공 영감이 기억하는 옛 설에 의하면 암놈의 나이를 가늠할 수 없을 경우, 시간을 두고 관찰하는 것 외에는 다른 도리가 없었다. 새끼라면 관찰하는 동안 어미가 찾아올 것이니 새끼를 미끼 삼아 어미를 잡는 게 최선이었다. 어떤 이유에서건 어미가 나타나지 않는다면 한두 해 정도 시간을 끌면서 세밀히 관찰한 후 아흔아홉 달이 넘었다는 확신이 생길 때 잡아야 한다. 기회는 한 번뿐이므로, 시간을 충분히 두어 허탕 치지 않을 확률을 높이는 것이 중요했다. 그러나 시간을 끌면서 관찰하는 방법은 덕무의 입장에서는 고려 대상이 될 수 없었다. 언제 가라앉을지 모르는 풍랑 속 돛단배처럼 위태로운 영실의 병세 때문이었다.

무조건 인어만 잡아 오면 된다고 믿고 목숨을 건 모험을 완수한 덕무에게, 아흔아홉 달 이상 된 암컷 인어만 해당한다는 소리는 청천벽력과도 같았다. 마치 엉킨 실타래를 어렵사리 풀어내니, 더 복잡하게 얽히고설킨 실타래를 건네받은 꼴이랄까. 왜 공 영감은 이 중차대한 이야기를 애초에 해 주지 않았단 말인가? 덕무의 거센 항의에 공 영감은 다음과 같이 말했다.

"박 씨, 자네는 그물을 던질 때 새끼 물고기는 두고 늙은 물고기만 선별해서 잡는 재주가 있나? 수컷은 두고 암컷만 잡는 재주가 있느냐는 말일세. 일단 닥치는 대로 모조리 잡은 다음 먹을 건지, 버릴 건지 정하지 않나?"

틀린 말은 아니었다. 그물을 던지느냐 마느냐까지만 어부의 몫이었다. 일단 그물을 던진 뒤에는 어부가 원하는 것을 잡는 게 아니라 바다가 주는 대로 받아야 했다. 따라서 닥치는 대로 잡아 오는 게 맞았다.

"저놈은 비실비실하니 곧 죽을 것 같은데, 시험 삼아 끓여서 기름이나 짜 볼까?"

작은 숨을 힘겹게 내쉬고 있는 사내애 인어를 가리키며 공 영감이 말했다.

"수놈은 약효도 없다면서 그럴 필요 있겠소?"

"걸리적거리잖나. 끓이지 않을 거면 바다에 갖다 버리든가, 돼지 먹이로 주든가 하지 뭐."

공 영감이 무심한 표정으로 무뚝뚝하게 말했다.

"둘이 남매지간 같으니 당분간 그냥 둡시다. 당장 두 놈을 떼놓기가 좀 그러니."

소심하게 답하는 덕무의 목소리에 수심이 어린 이유가 있었다.

"돌고래를 잡을 때는 눈을 쳐다보지 말고 꼬리를 보라."

어부들끼리 공유하는 불문율 중 하나였다. 벽에 뚫린 구멍처럼 움직임 없는 상어 눈동자와 달리 돌고래의 눈동자는 어부에게 말을 걸기 때문이었다. 눈을 보면 슬픈지, 기쁜지, 공포를 느끼는지, 고통스러운지 알 수 있었다. 감정을 고스란히 표현하는 돌고래의 읍소에 자칫 마음이 약해질 수 있으니 아예 쳐다보지 말라는 의미였다. 지금 덕무의 마음이 그랬다. 광 속에서 새끼 인어 두 마리가 꼭 끌어안고 오들오들 떨고 있는 모습이 꼭 영실과 영득 같아, 보고 있는 덕무의 마음이 녹아내리는 것만 같았다. 물고기인 줄 알고 잡았더니 사람과 이렇게나 닮았을 줄이야.

두 사람은 일단 며칠 동안 말미를 갖고 인어 남매의 어미가 찾으러 오는지 두고 보기로 했다. 다만 어미 인어가 정말 나타날지, 만약 나타난다면 언제 모습을 드러낼지, 무엇도 보장할 수 없기에 무작정 기다릴 수는 없었다. 사실 이들에게 어미가 있기는 한 건지, 어미가 이미 죽어 없는 건 아닌지도 알 수가 없었다.

"새끼를 미끼로 쓸 요량이었다면, 흑암도에서 새끼들을 잡았을 때 호숫가를 떠나지 말고 어미 인어를 기다렸어야 하는 것 아니오?"

덕무가 후회 섞인 목소리로 물었다.

"그렇지 않네. 거리는 상관없어."

"흑암도에서 여기까지 뱃길로 반나절이오. 어미 인어가 설령 오고 싶어 한들, 지도라도 그려서 손에 들려주지 않는 한 찾아올 도리가 없지 않소?"

"고래가 빛도 없고 길도 없는 깊은 물속에서 다른 고래를 어찌 찾아가는지 모르는가? 소리가 내는 파동을 듣고 물의 흔들림을 따라가지 않나. 그렇게 수천 리 떨어진 곳에 있는 다른 고래를 찾아낸단 말일세. 인어는 고래보다 한술 더 떠서 물속뿐 아니라 공기 중에 울리는 목소리의 파동으로 새끼를 찾아내지. 어미 인어는 새끼 인어가 내는 울음소리를 수천 리 밖에서도 들을 수 있어. 어찌 그런지 그 섭리를 이해할 순 없지만, 아무리 멀리 떨어져 있어도 찾으러 올 마음만 있다면 온다는 얘기지. 허나 문제는……."

중대한 문제가 있었다. 잡혀 온 새끼들이 풀피리 소리를 내며 목청껏 울어 대면, 그 소리를 들은 어미가 찾아올 때 어미를 잡겠다는 것이 공 영감의 계산이었다. 그런데 이상한 점은 그날 흑암도에서 그물에 걸려 잡히던 순간을 제외하면, 암수 두 마리 새끼가 약속이나 한 듯 입을 다물고 울지 않는다는 사실이었다. 분명 잡힌 직후에는 풀피리 소리를 구슬프게 내며 동굴이 떠나갈 듯 울었는데, 궤짝에 담겨 흑암도를 떠난 순간부터 지금까지 단 한 번도 소리 내어 울지 않았다. 왕방울만 한 눈에서 유리구슬 같은 눈물을 떨어뜨리며 소리 없이 울 뿐이었다. 새끼들이 소리 내어 울지 않으니 어미 인어가 듣고 찾아올 리 만무했다. 건드릴수록 더 꼬이는 실타래처럼 상황이 계속 꼬이고 있었다. 이러지도 저러지도 못하고 하루가 지났다.

광풍이 휘몰아치다가 고요해진 바다처럼, 곧 넘어갈 듯하던 영실의 숨이 별안간 편안해질 때가 있었다. 그럴 때면 영실은 밖으로 나와 볕을 쬐고, 심호흡을 하며 모자란 숨을 들이켜곤 했다. 오늘은 아침부터 영득의 성화에 광 앞에 나와 앉았다.

"동글동글한 눈동자는 강아지처럼 순해 보이고, 몸은 가냘프게 나풀거리고, 피부는 찔레꽃처럼 희고 예쁜데, 너는 어쩌다 여기 잡혀 와 있니?"

광문을 열고 안을 빼꼼히 들여다보던 영실이 무심히 말했다.

"누나 누워 있는 동안 아부지가 흑암도에 가서 잡아 왔어. 누나 약으로 쓸 거라고 했어."

영득이 끼어들었다.

"나는 영실이야. 박영실. 넌 이름이 뭐니?"

동생 영득의 말과 상관없이 영실이 인어에게 말을 건넸다.

계집애 인어는 왕방울 같은 눈을 두어 번 깜빡거릴 뿐 말이 없었다. 동그란 두 눈에 처연한 슬픔이 가득 차 있었다. 한 번만 더 깜빡이면 잔뜩 고여 있는 슬픔이 방울져 또르르 떨어질 것 같았다.

"옆에 있는 아이는 네 동생이니?"

영실이 계집애 인어에게 또 말을 건넸다. 광 바닥에는 또 다른 인어 새끼가 죽은 듯 납작 엎드려 있었다.

"쟤는 남동생이래. 아부지가 그랬어. 그런데 곧 죽을 것 같대. 죽으면 돼지 먹이로 갖다 줄 거래. 공 영감님이 그랬어."

영득이 또 끼어들었다.

영실이 손가락을 입에 대며 "쉿." 하고 영득을 조용히 시켰다.

영득은 얼른 입을 닫았다.

"네 동생은 이름이 뭐니?"

계집애 인어가 바닥에 엎드린 사내애 인어를 자기 몸쪽으로 끌어당겼다.

"남자애는 삐쩍 마르고 눈이 퀭한 모양이 꼭 꽃잎에 앉은 짱아 같아."

영득이 못 참고 또 한마디 툭 끼어들었다. 남자애들은 잠자리를 짱아로 불렀는데 그러고 보니 계집애에 비해 까무잡잡한 피부색이며, 돌출된 얼굴이며, 퀭하고 동그란 눈이며, 튀어나온 입에, 마른 체구가 잠자리 같아 보이기도 했다.

피부가 하얀 계집애는 찔레, 까무잡잡한 사내애는 짱아.

그렇게 새끼 인어들에게 이름이 생겼다.

찔레와 짱아.

아이들이 인어 남매의 이름을 지어 불렀을 때 덕무는 별 반응을 보이지 않았다. 이름에 달리 의미를 부여할 이유도, 여유도 없었다. 찔레든 민들레든 어차피 죽어 가는 영실을 살릴 약일 뿐이라고 믿었기 때문이었다. 그게 실수였다. 그 즉시 아이들에게 단호히 알려 줬어야 했다. 금방 헤어질 것에 정을 주면 안 되고, 금방 죽일 것에 이름을 지어 불러 주면 안 된다고 말이다. 이름을 부르는 순간 관계가 생기고, 관계가 생기면 사람처럼 대하게 되고, 사람처럼 대하면 잡아먹을 수 없기에 그냥 인어 새끼들, 혹은 물고기들이라고 부르라고 강권했어야 했다.

달이 지고 해가 떴다.

찔레와 짱아를 잡아 온 지 이틀이 지났다. 이들은 여전히 소리 내어 울지 않았다. 덕무와 공 영감은 조바심이 나기 시작했다. 굶여서 기름을 낼까 말까 하는 생각이 하루에도 몇 번씩 파도처럼 밀려와 머릿속에 요동쳤다.

짱아는 이미 죽음의 그림자가 드리운 듯, 종일 광 바닥에 붙어 눈조차 뜨지 못하고 시름시름 앓았다. 찔레는 그런 짱아 옆에 앉아 아픈 동생을 하염없이 쓰다듬었다. 무엇이라도 먹여야 했다. 영실과 영득은 바닷가로 나갔다. 발병 후 늘 방구석에 누워 있던 영실과 아픈 누나 때문에 늘 울상이던 영득에게는 오랜만의 나들이였다. 두 아이는 땀을 뻘뻘 흘리며 바위틈을 뒤졌다. 영득은 자맥질해 바다로 들어가 소라를 캐고, 고동을 줍고, 전복을 따고, 미역을 뜯어 왔다. 물동이에 바닷물을 넘치도록 받아 들고 지고 와 부엌의 물 항아리를 바닷물로 채웠다. 집으로 돌아온 두 아이는 소라 껍데기에서 알맹이를 꺼낸 뒤 잘게 찢고, 입을 굳게 다문 조개들의 입을 벌려 먹기 좋게 만들었다. 미역도 잘게 찢었다. 바닷물은 사발에 담았다. 만찬이 차려졌다. 광 속의 인어 남매 앞에 소반이 놓였다. 영실과 영득은 광문을 닫은 채 쥐 죽은 듯 조용히 문틈으로 안을 들여다보았다. 바닥에 힘없이 누워 있던 찔레가 일어나기 위해 안간힘을 쓰는 것이 보였다. 가느다란 팔로 지탱하고 힘겹게 몸을 일으킨 찔레는 빼빼 마른 손을 내밀어 잘게 찢은 소라 살을 집어 들었다. 그러고는 그것을 이리저리 살펴보더니 입에 넣고 씹기 시작했다.

문틈으로 지켜보던 영득이 영실에게 말했다.

"먹는다! 누나, 먹는다."

기뻐하며 지켜보는 영실과 영득 앞에서 찔레가 보인 다음 행동은 예상을 뛰어넘는 것이었다. 작은 입을 오물거리며 조심스레 씹던 소라를 자신의 손바닥에 뱉어 낸 것이다.

찔레가 음식을 삼키지 않고 뱉어내는 모습을 보고 실망한 영득은 "에이, 소라를 먹지 않네."라며 투덜거렸다.

그런데 다음 순간, 찔레는 닫힌 짱아의 입을 벌리더니, 잘게 씹은 소라를 조심스레 조금씩 흘려 넣어 주었다. 생명이 다한 듯 숨소리마저 가늘어졌던 짱아는 입을 벌리고 물처럼 묽어진 소라를 오물오물 받아먹었다. 찔레는 그렇게 한참 동안 짱아의 입에 소라와 조개 그리고 바닷물을 흘려 넣어 주었다. 짱아가 충분히 먹고 난 후에야 찔레도 먹기 시작했다. 광문 밖에서 영실과 영득은 광속의 인어 남매가 먹는 모습을 내내 지켜보았다. 영득이 말했다.

"누나! 찔레가 누나랑 닮았어."

오후가 되자 기운을 조금 차린 짱아는 자리에서 일어나 앉아 스스로 먹기 시작했다. 양손으로 조개껍데기를 받쳐 들고 주저앉아 조개 속살을 빨아먹는 모습이 영락없이 배고픈 장난꾸러기가 허겁지겁 먹는 모습이었다. 젓가락에 국수를 말 듯, 미역 줄기를 갈퀴 모양 손가락에 돌돌 말아 한입에 호로록 삼킨 짱아는 바닷물 항아리에 아예 머리를 통째로 집어넣고 거꾸로 처박혀 물장난을 쳤다. 기운이 돌아오는 듯했다. 찔레도 잘 먹고 마셨다.

"아부지, 찔레가 눈물을 그쳤어요."

그날 밤, 잠자리에 누운 영득이 덕무에게 말했다.

"짱아도 기운을 많이 차렸어요. 얼굴색도 좋아졌어요."

듣는지 마는지 무표정했지만, 짱아가 기운을 차린 것은 덕무에게 내심 무척 반가운 일이었다. 새끼 인어가 기운 없이 골골대면 소리 내어 울지 못할 터이고, 울지 못하면 어미가 찾으러 오지 않을 테니. 기운을 차렸다면 이제 큰 소리로 밤새 울어 주기만 하면 될 일이었다.

"내일은 납작게랑 새우를 잡아다 줄 거예요."

"광 근처에 가지 마라."

"아부지, 어미 인어가 안 나타나면 찔레랑 짱아랑 어떻게 할 거예요?"

"나타날 거다."

"누나가 그러는데, 쟤들은 어머이가 없는 것 같대요. 찔레가 짱아를 키우는 것 같대요."

"제까짓 게 그걸 어찌 안다고."

한동안 말이 없던 덕무가 대답했다.

"어미 인어가 안 찾으러 오면, 짱아는 바다에 풀어 주마."

"찔레는 어떻게 할 거예요?"

"찔레는 네 누이 약으로 쓸 거다."

다음 날, 영득은 바닷가로 나가 살이 통통하게 오른 참소라와 초록잎홍합, 납작게와 새우를 잡아 왔다. 영실과 영득이 광문을 절반쯤 열어 놓고 쭈그리고 앉아 인어 남매가 먹는 모습을 지켜보는데, 영득이 불쑥 말했다.

"아부지가 그러는데, 어미 인어가 애들을 찾으러 오면 둘 다 놓아주고, 안 오면 짱아만 놓아줄 거래. 찔레는 누나 약으로 쓸 거래."

영실이 말했다.

"난 안 먹을 거야."

"왜 안 먹어?"

"우리 어머이도 안 먹었을 거야. 그러니까 나도 안 먹을 거야."

"어머이가 안 먹었을지 누나가 어찌 알아? 아부지가 인어는 누나를 살리려고 하늘이 보내 준 약이라고 했어."

영득이 말했다.

"하늘이 보내 준 거 아니야."

"그걸 누나가 어찌 알아?"

영실은 알지 못했다. 다만 느낄 뿐이었다. 저 푸른 하늘 너머에 엄마가 있다면, 구름 너머에서 지켜보던 엄마는 이렇게 말했을 것이다.

"영실아, 인어는 먹는 게 아니란다."

"왜 먹으면 안 돼요?"

"자연이 허락한 게 아니니까."

"자연이 허락한 건 어떤 것들인데요?"

"자연스러운 것들이지. 순리에 맞는 당연한 것들 말이야."

"자연스럽고 당연한 것들? 이를테면요?"

"이를테면 바람이 불면 구름이 움직이고, 해가 뜨면 아침이 되는 것. 씨앗 한 톨이 아름드리나무로 자라서 새들이 가지에 앉아 쉬어 가는 것. 꽃이 피면 지고, 철 따라 다시 피는 것. 누군가 일부러 꺾지만 않는다면 백 년이고 다시 피는 것. 이제 네가 말해 보렴."

"음…… 철이 되면 바다 한가득 대구 떼가 몰려오는 것? 대구 떼가 떠나면 연어 떼가 오는 것?"

엄마는 미소를 지었다.

"그래, 그런 것. 그런 것들이 자연이 허락한 거야."

영실과 엄마는 늘 이렇게 대화를 했다. 그러면 영실은 말로 설명할 수 없는 것들을 마음으로 온전히 느낄 수 있었다.

"영득아, 아부지 말대로 찔레랑 짱아를 하늘이 보내 준 거라면 스스로 왔겠지. 철 되면 돌아오는 연어처럼 인어도 때맞춰 바다

한가득 찾아왔을 거야."

"저절로?"

"응, 꽁꽁 숨어 있지 않고 저절로 사람 눈앞에 나타났을 거야."

"그래도 안 먹는다고 하면 아부지가 화 많이 낼 텐데."

"먹으면 어머이가 화를 낼걸."

"어미 인어가 찾으러 오면 좋겠다. 그래서 아부지가 찔레랑 짱아는 살려 주면 좋겠다."

"어미 인어는 없을 거야."

"있을지도 모르잖아. 재들이 풀피리 소리 내면서 울면 어미 인어가 찾으러 올지도 모르잖아."

"어머이가 없는 아이는 소리 내어 울지 않아."

"……."

그제야 말을 끊은 영득이 영실의 어깨에 머리를 기대었다. 영실은 영득의 등을 말없이 쓰다듬어 주었다. 아버지가 배를 타고 나가면 어린 영실은 동생 영득과 단둘이 섬에 남아 아버지를 기다려야 했었다. 예기치 않게 날씨가 변해 먹구름이 몰려와 비가 내리거나, 갑자기 바람이 불어 파도가 높아지는 날이면 바다에 나간 아버지가 돌아오지 않을까 봐 무서웠다. 하지만 영실은 결코 소리 내어 울지 않았다. 갑자기 엄습한 그리움에 엄마가 사무치게 보고 싶어져도 마찬가지였다. 울어도 들어 줄 사람이 없다는 걸 알기 때문이었다. 다음 날부터 영실의 상태가 다시 악화되었다. 숨 쉬기 버거워진 영실은 자리에 누워 정신을 잃고 말았다.

아이들이 준 음식을 먹고 찔레와 짱아는 기운을 차렸다. 하지만 기력이 회복된 후에도 소리 내어 울지 않았다. 다시 쓰러진 딸과 결코 소리 내어 울지 않는 새끼 인어들을 번갈아 보는 덕무의 가슴은 불붙은 것마냥 타들어 갔다. 영실이 살 수 있는 시간도 함께 타들어 갔다.

잡화를 가득 실은 공 영감의 배에는 없는 것이 없었다. 공 영감은 배에서 찾았다면서 전족을 구해 와 찔레의 작은 발에 신겼다. 전족은 청나라에서 건너온 물건이었는데 질기고 딱딱한 가죽으로 만든, 서너 살 여자아이의 발에 맞을 만한 작은 신발이었다. 한 번 신으면 스스로 벗을 수 없었다. 양발의 전족은 쇠줄로 연결되어 있었다. 양발을 연결한 쇠줄을 또 다른 쇠줄과 연결해 끄트머리에 닻처럼 생긴 무게 추를 매달아 놓았다. 쇠로 된 무게 추는 어른이 양손으로 겨우 들 만큼 무거웠다. 감금하는 시간이 길어지면서 혹여 도망갈 것에 대비한 예방책이었다.

무거운 추가 연결된 족쇄 때문에 찔레는 움직이려면 다리를 질질 끌 수밖에 없었고, 그것도 쇠사슬의 길이가 허락하는 반경 안에서만 가능했다. 족쇄의 열쇠는 당연히 족쇄 주인인 공 영감이 갖고 있었다. 그렇게까지 할 필요가 있느냐는 덕무의 타박에 공 영감은 이렇게 해 둬야 혹시나 도망친다 하더라도 멀리 못 가 잡힐 것이며, 무게 추 때문에 물에 가라앉아 감히 바다로 도망갈 엄두를 못 낼 거라고 했다. 덕무는 족쇄를 채우는 것이 못마땅했으나 공 영감의 의견을 무시할 수 없는 처지였다. 어쨌든 찔레의 절반은 공 영감 몫이기 때문이었다. 덕무가 찔레와 짱아를 잡아 온 후, 공 영감은 단 하루도 빠짐없이 덕무의 집에 찾아와 광 근처를 서성거리며 하루를 보냈다.

하루는 덕무와 공 영감 둘이서 아침부터 광문 앞에 구덩이를 파기 시작했다. 혹시 찾아올지 모를 어미 인어를 빠뜨릴 함정을 만드는 중이었다. 힘도 없고, 팔다리도 성치 않은 공 영감은 애초에 별 도움이 안 됐고, 덕무 혼자 하루 종일 곡괭이질, 삽질을 해 어른 허벅지까지 빠질 만한 구덩이를 팠다. 광이 성이라면 성을 두르는 해자를 파 놓은 셈이었다. 구덩이 위는 잔가지와 풀들로 덮어 마치 흙이 차 있는 것처럼 위장했다.

"땅만 파면 뭐 하느냐고. 인어 새끼들이 목구멍에 자물통을 삼켰나 당최 소리 내 울지를 않으니 어미가 찾아올 방도가 없지 않은가. 울기 시작하면 저것들을 물가로 옮겨 놓고, 근처에서 숨어 기다렸다가 잡으면 되는데 정말 미칠 노릇이군."

공 영감의 푸념 소리 위로 해가 일찌감치 기울기 시작했다. 광에 얼씬도 하지 말라는 덕무의 엄명 때문에 영득은 먼발치에서 바라만 보았다. 영실의 기침 소리가 방문 밖으로 새어 나왔다. 밤이 되기 전 공 영감은 돌아가고, 덕무는 일찌감치 잠자리에 들어 곯아떨어졌다. 하루 종일 구덩이를 판다고 삽질을 한 터라 피곤할 만도 했다.

아버지가 잠든 후, 영득은 살그머니 일어나 방문을 열고 나갔다. 종종걸음으로 마당을 가로질러 광문을 열고 들어갔다. 지저귀듯 소곤거리던 찔레와 짱아는 불청객의 침입에 대화를 멈추었다. 어기적거리며 광 안으로 들어온 영득은 소꿉장난하듯 찔레와 짱아 옆에 가까이 붙어 앉았다. 서로 멀뚱하니 바라보며 잠시 정적이 흐른 뒤, 영득이 입을 열었다.

"너희들은 왜 소리 내어 울지 않아? 어른들이 하는 얘기를 들었는데, 너희가 소리 내어 울기만 하면 우리 영실이 누나도 살 수 있고, 너희도 풀어 줄 거래."

진심을 다해 말하는 영득의 마음을 아는지 모르는지 인어 남매는 숨소리조차 내지 않고 조용히 앉아 있었다. 그렇다고 딴청을 부리는 것은 아니었다. 물끄러미 영득을 바라볼 뿐이었다.

영득이 말했다.

"난 동무랑 놀아 본 적이 한 번도 없어. 너희들이랑 놀고 싶어. 누나랑 나랑 너희 이름을 지었어. 알려 줄까? 넌 하얀 찔레꽃 닮아서 찔레, 넌 까무잡잡한 잠자리 같아서 짱아."

영득이 인어 남매를 번갈아 가리키며 이름을 불렀다.

"그리고 난 영득이."

아무런 반응 없는 인어 남매에게 영득이 찬찬히 한 번 더 알려 주었다.

"네 이름은 찔레."

"그리고 너는 짱아."

"나는 영득이."

밀려온 졸음에 짱아의 눈이 깜빡였다. 영득도 연거푸 하품을 했다. 찔레와 짱아와 영득은 등을 바닥에 대고 누웠다. 널빤지를 얹은 천장 군데군데 난 틈으로 별빛이 새어 들어왔다.

"너는 찔레, 너는 짱아, 나는 영득이."

쏟아지는 잠을 참으며 영득이 되풀이해 말했다.

"너는 찔레, 너는 짱아, 나는……."

"용드기."

마지막 영득의 이름을 부른 건 찔레였다.

"어! 말을 알아듣네? 맞았어. 그럼 넌?"

눈이 휘둥그레진 영득이 찔레에게 물었다.

"찔레."

찔레가 답했다.

정확하진 않지만 알아듣기에는 충분했다.

"넌?"

이번엔 짱아에게 물었다.

"짱가."

말놀이가 재미나는지 짱아의 목소리에 웃음기가 묻어 있었다.

"난?"

반가움에 들뜬 목소리로 영득이 다시 물었다.

찔레가 말했다.

"용드기."

짱아도 옆에서 키득거리며 말했다.

"용뚜기."

셋은 동시에 웃음보가 터져 키득거렸다.

구름에 숨은 달이 얼굴을 내밀면 별들이 자기 빛을 나누어 주듯, 그날 밤 아이들은 웃음을 나누었다.

하루가 지났다. 자리에 누운 영실은 일어나지 못했다. 덕무와 공 영감은 소리 내어 울지 않는 새끼 인어들을 원망했다. 더는 하염없이 기다릴 수 없는 노릇이었다.

그날 밤, 영득은 아버지가 잠이 들기를 기다렸다가 또다시 광을 찾았다. 아이들이 마주 앉았다.

"영실이 누나가 많이 아파. 이대로 못 일어날까 봐 너무 무서워. 나한테는 누나가 엄마고, 누나가 전부야. 너희가 울지 못하겠으면 나에게 우는 법을 알려 줘. 내가 대신 울게. 부탁이야."

찔레와 짱아는 귀를 쫑긋 세우고 영득의 하소연을 들었다.

덕무는 동트기 직전 불현듯 눈을 떴다. 옆에서 자고 있어야 할 영득이 보이지 않았다. 방문을 열고 나와 마당을 살피니, 광문 앞에 파 놓은 구덩이에는 별다른 흔적이 없었다. 위장용으로 깔아 놓은 잔가지와 풀도 멀쩡했다. 그런데 아뿔싸! 빗장 걸린 채 닫혀 있어야 할 광문이 조금 열려 있었다.

어젯밤 잠자리에 들기 전 분명히 광문을 닫고 빗장을 걸었다. 그 기억을 떠올린 순간, 덕무의 머릿속에 걱정이 번개처럼 번쩍이며 불안이 천둥처럼 요동쳤다. 어미 인어가 찾아와 새끼들을 데려간 것일까? 한데 영득은 왜 안 보이지? 설마 어미 인어가 새끼들만 데려간 것이 아니라 영득까지 안고 가 버린 것일까? 아니면 영득이 새끼 인어들이 도망가도록 광문을 열어 준 것일까? 새끼 인어들과 함께 도망간 것일까? 찔레가 사라졌다면 영실은 죽은 목숨이나 다름없는데, 또다시 흑암도에 가야 하나? 다시 간들 인어를 또 잡을 수 있을까? 일순간에 수많은 염려가 파편처럼 날아와 뇌리에 박혔다.

아이 하나 비집고 나올 만큼 열려 있는 광문 앞에 다가선 덕무가 문고리를 잡았다. 손이 덜덜 떨렸다. 만약에 광 안에 아무도 없다면 감당 못 할 상황을 떠올리니 머릿속이 하얘졌다. 덕무는 내키지 않는 손에 힘을 주어 광문을 벌컥 열어젖혔다. 광 바닥 거적때기 아래로 조그만 다리들이 보였다. 하나, 둘, 셋, 넷, 다섯, 여섯 개였다. 가까이 다가가 거적데기를 살짝 걷어 보니 아이들 셋이 웅크린 채 잠들어 있었다. 찔레와 짱아와 영득이었다. 천장에서 새어 들어온 달빛이 세상모르고 잠든 아이들의 얼굴을 비추고 있었다. 덕무는 놀라고 화난 마음을 진정시키며 우두커니 서서 아이들을 내려다보다 영득을 안고 나와 방에 뉘었다.

날이 밝았다. 영실의 병세가 더 악화되었다. 좋아졌다가 나빠지는 주기가 반복될수록 숨 쉬기 편한 날은 짧아지고, 숨 쉬기 힘든 날은 더 길어졌다. 휴지기가 있었던 것만큼 병세는 더 심해졌다. 숨만 가빠하는 게 아니라, 가느다란 숨이 들어가면 곧바로 멈출 수 없는 기침으로 이어졌다. 영실은 기침 끝에 올각대면서 피를 토했다. 기침 소리가 들리면 피를 토할세라, 헐떡대는 소리가 들리면 숨이 넘어갈세라, 덕무는 한시도 마음을 놓을 수 없었다.

남은 시간이 얼마 없었다. 찔레를 잡을지 말지, 양단간에 결정을 내려야 했다. 어미 인어가 새끼들을 찾으러 오지 않으니 더 이상 기다릴 수 없었다. 그러나 찔레에게 약효가 있을지 또한 확신할 길이 없었다. 암초에 걸린 고깃배처럼 오도 가도 못 하는 처지가 된 덕무는 답답한 마음에 변 도령을 찾았다. 마흔이 넘었다는

데 턱이고 눈썹이고 수염이 한 올도 없이 민짜로 맨들거리는 덕에 도령으로 불리는 그는 강원도에서 나름 유명한 점쟁이였다. 덕무는 변 도령에게 저간의 사정을 설명한 뒤 찔레를 지금 잡아도 약효가 있을지 물었다.

"찔레가 물고기야?"

"그렇소."

"물고기한테 왜 이름까지 지어 줬어?"

"우리 애들이 그냥 그렇게 부릅디다."

"물고기는 그냥 물고기라고 불러야지 이름을 지어 주니까 꼭 사람 같잖아."

"그러게 말이오."

"생김새도 사람을 닮았다고?"

"멀리서 언뜻 보면 아이 같기도 하고, 가까이서 보면 손도 갈퀴마냥 갈라져 있고, 콧구멍도 막혀 있어서 사람이 아닌 것 같기도 한데……."

"그렇게 판단하면 안 되지."

"뭐를 그렇게 판단하면 안 된다는 거요?"

"사람도 손 갈라지고 콧구멍 막힌 사람 있잖아. 자기 기준으로 판단하지 말라고. 자기 기준으로 판단한다는 건 이미 결론을 정해 놓은 거 아냐. 그러지 말라는 거야. 모르는 물건을 대할 땐 겸손하고 신중해야 하는 법이지."

"그럼 어떻게 판단해야 하오? 제 기준이 아니면 무슨 기준으로 어떻게?"

"겸손해야지. 하나씩 하나씩 알아 가면서, 한 꺼풀씩 벗겨 봐야지. 실체가 뭔지."

"……."

그때까지 변 도령이 하는 말이 무슨 말인지 덕무는 절반도 이해하지 못했다.

"그래서 자네 딸년이 먹겠대? 사람 닮은 그걸?"

"아니오. 절대로 안 먹겠답디다."

"왜 안 먹겠대?"

"사람이랑 너무 똑같아서 싫답디다, 생김새나 하는 짓이나. 인어가 하늘이 허락한 약이면 장어나 가물치처럼 생기지 왜 사람처럼 생겼겠냐고."

"애나 어른이나 다 똑같구나. 교만해."

"내 딸은 사려 깊고 착한 아이요."

"어련하겠어. 잔말 말고 점괘나 한번 보자고."

변 도령의 두 눈에 핏발이 서더니 눈알이 안팎으로 뒤집어져 흰자로 꽉 찼다. 그 찰나, 변 도령은 보았다. 큰바람이 사납게 불고, 성난 하늘에서 폭우가 쏟아지는데, 성벽처럼 높이 솟아오른 파도가 덮치는 해안가에 위태롭게 서 있는 소년의 뒷모습을. 혼비백산한 사람들은 뿔뿔이 흩어져 모조리 도망가는데 한 소년만이 홀로 서 있었다.

"애가 흑기가 너무나 많아. 그 흑기가 이 애를 감싸고 있으니 애가 당최 죽지를 않아."

잠시 후, 거대한 해일이 몰려왔다. 소년은 하늘을 검게 덮으며 덮쳐오는 물 더미 앞에서 미동도 없이 서 있었다.

"큰 파도가 밀려왔어. 태산이 쏟아지는 것처럼 물이 쏟아져 천지가 흔적도 없이 쓸려 내려갔지. 사람들은 애고 어른이고 개고 닭이고 모두 사라졌어. 그런데 그놈 혼자만 살았어. 딱 죽을 목숨이었는데 흑기가 그를 살린 거지. 흑기한테 몸이 필요했거든. 자기가 마음대로 부릴 수 있는 산송장이."

"흑기라니?"

"욕심. 자네 안에 들어앉은 비렁뱅이 같은 욕심."

변 도령이 제정신으로 돌아왔다. 땀을 비 오듯 쏟았다.

"좌우당간 자네는 딸을 살려야겠나?"

"살려야 하오. 아내를 너무나 급작스럽게 보냈는데, 딸마저 허망하게 잃을 수 없소."

"자네가 살리고 싶은 거야, 아니면 자네 욕심이 살리고 싶은 거야?"

"욕심도 내 욕심이면, 그게 곧 나 아니오? 살리고 싶소. 내 딸이니까."

변 도령은 잠시 말을 끊고 생각에 잠겼다. 할 말이 있는데 하고 싶지 않은지 주저하다가 말을 이었다.

"그러니까 그 인어 새끼를 지금 잡아먹으면 약효가 있을지 없을지 알려 달라 이 말이지?"

"그렇소."

"인어 새끼가 생후 아흔아홉 달이 넘었는지 알려면 인어한테 몇 살인지 물어보든가, 아니면 잡아서 먹어 보든가 해야 하는데 물어보는 건 말이 통하지 않으니 안 되고. 잡아먹었는데 약효가 없으면 모든 게 말짱 꽝이 되니까 안 되고. 가만두고 기다리자니 딸년이 죽게 생겼고……. 이렇게 해 봐. 마르지 않은 생쑥을 지나치다 싶을 정도로 많이 뜯어다가 절구에 짓찧어서 죽처럼 묽게 만들어. 절구통이 한가득 찰 정도로 양이 많아야 해."

"생쑥이오?"

"반드시 깨끗한 생쑥이어야 해. 그래야 상처가 덧나지 않아."

"그걸로 인어 나이를 알 수 있소?"

"나이는 모르지만 약효가 있는지 없는지는 알 수 있지."

"정말이오? 어떻게?"

"내가 모르는 물건을 대할 때는 어떻게 하라고 했어?"

"겸손하고, 신중하라고……."

"팔만 하나 잘라서 먹여 봐."

"팔?"

"잘린 상처에 쑥 짓찧은 것을 진흙 처바르듯 바르고 상처를 감아 줘. 바로 아물지는 않겠지만 지혈은 잘될 거야."

"아……."

"약효가 있으면 나머지도 토막 쳐서 기름을 내고, 약효가 시원찮다 싶으면 밥 줘 가면서 조금 더 키우다가 남은 팔 잘라서 또 먹여 보고. 네 번은 해 볼 수 있잖아. 사지가 있으니까. 거북한 척 인상 쓰지 마. 집에 돌아가자마자 그리할 거면서."

남의 속을 다 안다는 듯 지레 짚어 말하는 변 도령의 말을 모욕으로 느낀 덕무는 이렇다 할 대답을 포기하고 입을 닫았다.

"팔을 자르라니. 독한 놈, 잔인한 놈, 야멸찬 놈, 사기꾼 같은 놈."

배를 타고 돌아오는 길에 그간 꾹꾹 눌러 온 화가 올라와 덕무는 쉴 틈 없이 변 도령을 욕했다. 그러나 그런 한편으로 머릿속에서는 집 주변에 쑥 군락지가 어디 있었는지 기억해 내느라 뒷산을 바쁘게 헤집고 다녔다.

저녁 무렵, 영실의 기침이 잦아들기를 기다려 덕무가 어렵사리 말을 꺼냈다. 인어 기름을 짜 줄 터인즉 약으로 생각하고 먹으라는 취지였다. 그러나 영실이 헉헉거리면서도 완강히 거부했다.

"아부지, 나는 안 먹을 거니까 인어들을 놓아주어요."

가쁜 숨을 몰아쉬며 영실이 말했다.

"사내애는 놓아주마."

"찔레와 짱아 둘 다 놓아주어요."

"찔레는 안 된다. 걔는 널 살리려고 하늘이 보내 준 선물이야."

"아부지, 어머이 돌아가신 후에 아부지가 바다에 나가면, 나랑 영득이만 남았어요. 영득이가 아파서 밥을 못 넘겨 울면, 내가 먼저 밥을 잘게 씹어 영득이 입에 흘려 넣어 주었어요. 그러면 영득이가 조금씩 받아먹고 기운을 차렸어요."

덕무도 알고 있었다. 영실이 영득을 자식처럼 키웠다는 걸. 그래서 더더욱 영실을 살리려 애쓰는 것일지도 몰랐다.

"찔레가 짱아 입에 음식을 씹어 흘려 넣어 주는 걸 봤어요. 헉헉. 어머이처럼 쓰다듬어 주었어요."

영실이 숨이 찬 지 가슴을 부여잡고 말을 이었다.

"헉헉. 내가 영득이에게 어머이 노릇을 하듯, 찔레도 짱아에게 어머이 노릇을 하고 있는 거예요. 아이들이 소리 내어 울지 않는 건, 울어도 달려올 어머이가 없기 때문이에요."

"아니다, 영실아. 내가 그것들을 막 잡아 올렸을 때 그것들은 분명히 풀피리 소리를 내며 울었다. 이 아비가 두 귀로 분명히 들었어."

잠자다가 깬 영득이 방문을 빼꼼히 열고 아버지와 누나가 대화하는 모습을 엿보았다.

"아부지, 정말 모르겠어요? 찔레와 짱아는 우리 남매와 같아요. 그래서 나는 찔레를 먹을 수 없어요. 아무리 약이 된다고 해도 먹지 않을 거예요. 그러니 그냥 놓아주어요."

"아니다. 저것들은 물고기야. 바다에 사는 한낱 미물이란 말이다. 저것들이 사람이라면 말을 했겠지. 자기 사정을 말하고 살려달라고 빌었겠지."

"보고 싶은 사람을 다 볼 수 없는 것처럼, 하고 싶은 일을 다 할 수 없는 것처럼, 아무리 살고 싶어도 먹으면 안 되는 게 있어요."

"닥쳐라! 더는 못 들어준다. 너는 찔레를 먹게 될 게다. 그건 네 약이다."

아버지의 호통에 입을 다물었지만 영실의 표정은 단호했다.

5장

탐하다

목청이 찢어질 듯 절규하는 어미 인어의 비명이 들리기는 했으나 그 모습이 보이지는 않았다. 때맞춰 짙은 안개가 호수를 덮어버린 탓이었다. 어미 인어가 스스로 모습을 드러낼 때까지 기다리기엔 부상을 입은 전 씨와 심 씨의 상태가 좋지 않았다. 전 씨는 스스로 발등을 찍은 탓에 발에 구멍이 뚫려 걸을 수가 없었고, 심 씨는 아비 인어에게 물린 상처가 지혈되지 않아 피를 많이 흘리는 바람에 실신 직전이었다. 어두워지기 전에 돌아가야 했다. 조 씨가 전 씨를 부축했고, 배 씨는 심 씨를 업었다. 축 처진 채 바들바들 떨고 있는 계집애 인어를 가리키며 조 씨가 공랑에게 말했다.

"업어라."

아비 인어의 처참한 죽음을 본 후 계집애 인어는 아예 소리를 거두었다. 두 눈을 꼭 감은 채 혼절한 것처럼 늘어져 있었다.

"내가요?"

"너 말고 누가 있어? 빨리 업으라고. 새끼를 데리고 가야 어미가 찾아오든가 할 것 아니냐?"

조 씨의 표정이 험악해졌다.

난처한 나머지 공랑의 얼굴이 붉게 상기되었다. 부끄러움에 낯을 들 수 없었다. 면구함에 눈에서 눈물이 찔끔 나올 것만 같았다. 배 속에서 자괴감과 죄책감이 부글부글 끓으며 목젖까지 차올라, 입을 벌리면 고름처럼 흘러나올 것만 같았다. 공랑은 마지못해 계집애 인어 앞에 쭈그리고 앉았다. 인어는 미동도 하지 않았다. 조 씨가 못마땅한 표정으로 다가와 칼로 인어를 두른 가죽 줄을 끊어 버렸다. 그리고 인어의 가느다란 팔을 되는 대로 붙잡아 공랑의 목에 감아 놓았다. 말캉한 인어의 피부가 공랑의 등에 척 달라붙었다. 인어의 몸은 얼음처럼 차가웠다. 계집애 인어를 둘러업은 공랑은 무릎에 힘을 주고 일어섰다. 예상보다 가벼웠다. 바람 불면 팔랑거리며 날아갈 듯, 작은 몸속에서 힘도, 진도 다 빠져나가 껍데기만 남은 듯, 가볍디가벼웠다. 등에 업힌 인어가 살아 있음을 느낄 수 있는 유일한 단서는 소리 없이 떨어지는 구슬 같은 눈물방울뿐이었다. 공랑은 인어를 업고 길고 좁은 동굴을 지나다가 발을 헛딛는 바람에 몸이 앞으로 기울어져 넘어질 뻔했다. 휘청하는 순간 인어의 작은 손이 공랑의 뒷머리카락을 꼭 붙잡았다. 동시에 공랑의 등에 자기 몸을 착 붙였다. 작은 심장이 도근닥도근닥 뛰는 소리가 공랑의 등을 타고 심장에 전해졌다. 인어의 차가운 체온과 죄책감에서 뿜어져 나온 냉기가 공랑의 마음을 얼어붙게 만드는 것만 같았다. 어쩌면 차라리 몸도 마음도 얼어 버려 감각이 무뎌지기를 바라는 자신의 착각일지도 모른다.

"물고기일 뿐이야. 다랑어나 광어처럼. 물고기를 잡을 때 새끼가 슬퍼할 거라고 염려하지는 않잖아? 마찬가지야. 인어가 사람이었으면 육지에서 살았겠지. 우리와 함께 살았겠지. 물고기니까 물속에서 사는 거잖아. 그러니까 잡아도, 먹어도 돼. 광어나 연어를 잡아먹듯이."

공랑은 걷는 내내 아픈 마음을 마취시키려, 등에 업은 건 한낱 물고기라는 말을 되뇌었다.

좁은 동굴 통로가 돌연 넓어지며 뜨락처럼 너른 공간으로 들어섰다. 부상당한 동료를 한 명씩 둘러업고 앞서가던 조 씨와 배 씨가 바위 벽에 그려진 암벽화 앞에 멈춰 섰다. 공랑도 주춤주춤 그 들 옆에 섰다. 동굴을 발견한 첫날 눈여겨봤을 뿐 그 후로 오갈 때는 무심코 지나치던 암벽화였다. 그런데 새삼 눈여겨본 그림의 내용에 공랑은 소스라치게 놀랐다. 풍랑이 이는 바다에 배가 떠 있고, 배 위에 있는 사람들이 바다에 빠진 사람을 장대기로 건져 올리는 지난번 그 그림이었다. 바다 밑바닥에도 사람들이 있어참 이상하게 여겼던 그 그림이었다. 그런데 주의 깊게 다시 보니 배 위의 선원들이 내려뜨린 것은 그냥 장대기가 아니라 끝이 날카롭게 구부러진 갈고랑이였다. 갈고랑이가 바다 속에 있는 여인의 목덜미를 꿰뚫고 있었다. 갈고랑이에 걸려 있는 여인은 바다 위로 딸려 올라가지 않으려 필사적으로 버티는 것처럼 보였다. 뱃머리에 몰려 있는 사람들 앞으로 줄에 묶여 뱃전에 매달린 어린아이 같은 이도 보였다. 바다 밑바닥에서 아이 둘이 서로 부둥켜안은 채 위를 올려다보고 있었다. 그들은 사람이 아니라 지금 자신의 등에 업혀 있는 그것, 인어였다. 암벽화는 바다에 빠진 사람을 구해 주는 그림이 아니라 인어를 사냥하는 그림이었던 것이다. 조 씨와 배 씨 그리고 공랑은 자신들이 조금 전 저지른 만행을 거울로 보듯 한동안 암벽화를 바라보았다.

조 씨 일행이 마을로 돌아오자 사람들이 몰려들었다. 인어를 잡아 오긴 했지만 제 발로 걸어갔던 다섯 중 둘이 업혀 왔으니 대가가 컸다. 그러나 부상당한 이들에 대한 관심은 잠시뿐, 이목은 곧 공랑의 등에 업힌 새끼 인어에게 쏠렸다. 사람들은 자신들과 닮은 인어의 생김새에 놀랐다. 멀리서 보면 영락없는 동네 코흘리개 같았기 때문이었다.

"공랑의 등에 업혀 기운 없이 늘어져 있는 저 작은 것이, 정녕 인어란 말인가? 저것이 영생과 불사를 약속하는 영약이란 말인가? 천하를 다 얻은 황제도 구하지 못한 이승에서의 삶을 천 년이나 더 살게 하는 영체란 말인가?"

마을 사람들은 눈앞에서 인어를 보고 있음에도 믿기지 않았다.

공량은 등에 업은 새끼 인어를 공동 우물이 있는 너른 공터에 내려놓았다. 구경하기 위해 우르르 몰린 사람들의 기세에 놀라고 주변의 소란함에 안절부절못할 만도 했으나, 모든 것을 체념한 듯 축 처진 인어는 땅바닥에 힘없이 누워 두 눈을 감아 버렸다.

새끼 인어는 목에 가죽 줄이 둘린 채 우물가 버드나무 굵은 가지에 묶였다. 조 씨와 마을 사람들은 버드나무 주변을 빙 둘러 도랑을 판 후 산짐승을 잡기 위해 쓰는 덫을 곳곳마다 설치했다. 덫이 묻힌 도랑은 가느다란 나뭇가지와 나뭇잎, 흙 등으로 덮어 위장했다. 누군가 밟는다면 좁고 작은 도랑에 빠질 수밖에 없었고, 손이나 발로 땅을 짚으려 한다면 촘촘히 묻혀 있는 덫에 걸릴 수밖에 없을 터였다. 마을 사람들은 너도나도 조 씨가 상전이라도 되는 양 눈치를 보며 그를 도와 땅에 도랑을 파고 덫을 묻었다. 그래야 조 씨가 인어 기름을 조금이나마 나눠 주지 않을까 싶은 속셈에서였다.

밤이 깊었다. 인어를 실컷 구경한 사람들이 각자 집으로 돌아갔다. 조 씨와 배 씨 그리고 공량은 버드나무가 잘 보이는 먼발치에 자리 잡고 앉아 언제 나타날지 모를 어미 인어를 기다렸다. 캄

캄한 어둠 속을 응시하며 그들은 동굴에서 보았던 암벽화를 떠올렸다. 마치 자신들이 저지른 일을 기록한 듯, 혹은 할 일을 예상하고 하지 말라고 경고라도 해 놓은 듯, 알 수 없는 시대에 알 수 없는 이가 그린 암벽화에 그들의 죄가 까발려진 기분이었다.

"누가 그렸을까? 동굴 속 암벽화."

배 씨가 푸념하듯 혼자 중얼거렸다.

"누가 그렸으면 무슨 상관인가. 인어는 지금 우리 손안에 있는데."

조 씨가 마른 황태포를 찢어 입에 넣고 질겅질겅 씹으며 말했다.

"암벽화를 그린 자가 누군지는 모르지만 생각이 짧은 놈인 것만은 확실하지. 입장 바꿔서 생각해 보게. 만약 내가 인어를 잡았다고 쳐. 그럼 그림을 그려서 동네방네 어디에 인어가 있는지, 어찌 잡았는지 모조리 소문을 내겠나? 안 잡은 척 조용히 집에 가져가서 가족들이랑 끓여서 먹겠지. 어떤 작자인지는 몰라도 그림을 그린 자는 후대에까지 지 자랑을 하지 않고는 못 배기는 성격이었나 보군. '진시황도 못 찾은 불로초를 내가 찾았노라! 불로초는 약초가 아니라 인어였노라! 내가 전설의 인어를 잡았노라!' 하고 말이야. 껄껄껄."

공랑은 버드나무에 기대어 앉은 새끼 인어를 바라보았다. 해와 달이 없어지기라도 한 듯, 세상이 없어지고 삶이 끝나기라도 한 듯 새끼 인어의 얼굴은 절망과 체념으로 가득 차 있었다. 늦가을 밤 추위에도 인어는 미동 없이 앉아 있었다.

한편, 아비 인어에게 종아리를 물린 심 씨는 자신의 집 방바닥에 이불을 깔고 누웠다. 한밤중에 열감을 느껴 눈을 떴더니 고뿔 든 것 마냥 몸이 뜨겁고, 상처 입은 종아리는 가려웠다. 잠결에 긁었는지 손가락에 찌꺼기가 묻어 있었다. 피부 꺼풀이 벗겨졌나 싶어 보니 해파리처럼 미끈거리는 점액질이었다. 깜짝 놀라 물린 종아리를 들여다보니 인어에게 물린 상처 주변이 초록색으로 변했고, 다리털 사이로 반짝이는 무언가가 피부를 뚫고 나와 있었다. 미끈거리는 그것을 손가락으로 잡아 뽑자 무언가 주르륵 딸려 나왔다. 은색 비늘이었다. 심 씨는 아비 인어가 물었을 때 이빨에 끼어 있던 것이 박힌 것이리라 여기고 다시 잠들었다.

밤새 기다렸지만 어미 인어는 나타나지 않았다. 해가 뜨자 마을 사람들이 삼삼오오 우물가로 모여들었다. 새끼 인어는 버드나무 아래에 죽은 듯 엎어져 있었다. 피부가 햇빛에 상한 듯 여기저기 벌겋게 부어올랐다. 군데군데 불에 덴 것처럼 껍질이 벗겨진 곳도 있었다. 한 아낙이 우물가 두레박으로 물을 퍼 인어에게 뿌려 주었다. 물이 자신을 적시고 있음을 아는지 모르는지 인어는 조금도 움직이지 않았다. 오후가 되도록 어미 인어가 올 기색이 없자 마을 사람들은 마음이 급해졌다.

"저러다가 새끼가 말라 죽어 버릴 것 같구먼. 지금도 비실비실 하니 힘이 하나도 없는데, 말라 죽기 전에 새끼 기름이라도 짜야 하는 것 아냐?"

"어미가 찾으러 올지도 모르지 않나? 어미를 유인하려는 목적이었으면 아비도 생포해서 잡아 왔어야 하는 건데. 애만 데려오니 어미가 찾으러 올지 알 수가 없네."

"애라니? 어미, 아비라니? 똑바로 부르게. 저것은 물고기야. 괜히 사람 부르는 호칭으로 부르지 마. 듣는 사람 헷갈리니까."

사람들이 제각각 뱉은 의미 없는 말들이 갈 데를 모르고 방향 없이 떠다녔다. 그 누구도 경험해 보지 못한 상황 앞에서, 아무도 그다음에 무엇을 해야 할지 몰랐기에 쓸모없는 말들만 부유하고 표류할 뿐이었다. 새끼 인어는 말라비틀어진 황태처럼 땅바닥에 붙어 일어날 기미가 보이지 않았다. 이대로 스스로 죽기를 선택한 것처럼 보였다.

늦은 오후, 홀로 우물가를 벗어난 공랑은 서 씨 할머니의 집을 찾았다. 죽어 가는 새끼 인어를 어찌해야 할지 알 수 없었기 때문이었다.

"어제 밤새 기다렸는데 어미 인어가 나타나지를 않았어요. 새끼 인어는 아무것도 안 먹고, 물도 안 마셔요. 황태처럼 말라비틀어져 곧 죽을 것만 같아요."

서 씨 할머니는 신중하게 공량의 하소연을 들었다.

"어미는 새끼 울음소리를 들으면 천 리 길도 마다하지 않고 찾아온다고 했는데 당최 새끼가 울지를 않아요. 울기는커녕 신음소리도, 미동도 없어요. 새끼가 왜 안 울지요?"

"새끼 보는 앞에서 아비를 죽였냐?"

서 씨 할머니가 물었다.

"네, 새끼가 미끼였으니까요."

"어떻게 죽였냐?"

"음…… 창이랑 칼로……."

"분풀이를 했구나."

빠걱.

공량의 귓전에 아비 인어의 두개골 깨지는 소리가 다시 들리는 것 같았다. 선혈이 낭자한 아비 인어의 얼굴에서 피가 비처럼 흘러내렸다.

푸욱.

다음 순간 조 씨가 아비 인어의 왼쪽 옆구리에 큰 칼을 쑤셔 박더니, 그 칼을 노 젓듯 잡아당겨 오른쪽 옆구리까지 썰어 버리며 "어미 인어 오라고 해!"라고 미친 듯이 외쳤었다. 배가 갈리는 마지막 순간까지도 아비 인어의 눈은 새끼 인어를 바라보고 있었다. 새끼 인어는 목청이 찢어져라 울어 댔다.

공랑은 비로소 새끼가 왜 울지 않는지 알 것 같았다. 새끼는 울지 않는 것이 아니라, 울음을 참고 있었던 것이다. 울음소리를 듣고 어미가 찾아올까 두려워 안간힘을 다해 소리 내지 않고 있었던 것이다.

"사람 같아요, 인어가."

공랑이 말했다.

"사람보다 낫지."

서 씨 할머니가 답했다.

"할머이, 동굴 속 바위 벽에 그림이 있었어요. 파도치는 바다에 큰 배가 떠 있고 사람들이 갈고리로 인어를 낚아 올리는 그림이었어요."

공랑이 생각난 듯 말했다.

"바다에 파도는 높았지만 밤하늘엔 보름달이 휘영청했지."

서 씨 할머니가 말했다.

"맞아요. 그림에 보름달도 있었어요. 할머이가 그걸 어찌 알아요?"

공랑이 놀라 물었다.

"소정이가 얘기해 줬어. 우리 부락에서 제일 예쁜 소정이가. 그날 밤 뱃머리에 매달려 있던 새끼는 석호가 있는 동굴마다 그림을 그렸단다. 두고두고 기억하라고, 사람을 조심하라고."

"지난번부터 얘기하신 그 소정이가 누구예요? 그걸 어떻게 알았대요?"

공랑의 질문을 들었는지 못 들었는지, 서 씨 할머니는 입을 닫고 말없이 먼 산을 바라보았다.

달이 뜨고 밤이 찾아왔다.

마침내 새끼 인어가 울었다. 신음 소리에 가까운 울부짖음이었다. 조 씨가 새끼 인어를 버드나무 가지에 거꾸로 매달아 놓은 탓이었다. 줄에 묶인 새끼 인어의 가느다란 다리는 끊어질 듯 늘어졌고, 피가 몰린 새끼 인어의 얼굴은 터질 듯 벌겋게 부어올랐다. 울음인지 신음인지 마지막 힘을 다해 쥐어짜 내는 목소리가 마치 "차라리 이대로 죽여 달라."라며 애원하는 것 같았다. 새끼 인어의 애달픈 울음소리에 마을 사람들은 편히 잠을 청할 수 없었다. 사람들은 빨리 날이 밝기를 바랐다. 밤이 지나면 아침이 오듯, 어둠이 걷힐 때 불편한 기억일랑 모조리 지워지길 바랐다.

열에 시달리다 잠에서 깬 심 씨가 바지를 걷고 보니 종아리에 난 상처 주변에 비늘 여러 개가 새로 돋아나 있었다. 어젯밤에 분명 다 뽑아 버렸는데 기이한 일이었다. 마당으로 나온 심 씨의 눈에 나뭇가지에 걸어놓은 대구 한 마리가 보였다. 태풍이 지난 후 바다로 나간 첫 배가 잡아 온 것이었다. 갓 말리기 시작한지라 거의 날생선과 같았다. 심 씨가 대구를 한 손으로 잡더니 머리부터 입안으로 욱여넣었다. 그리고 우적우적 씹어 먹었다.

꺼진 모닥불 앞에서 웅크리고 자던 공랑이 눈을 떴다. 아직 동트기 직전의 어둠이 깔려 있었다. 우물가 공터 건너편 숲에서 그림자 하나가 걸어 나와 버드나무를 향해 다가오고 있었다. 걸음걸이가 정상적이지 않고 서툴렀다. 한 걸음 내디딜 때마다 흐느적거리는 모습이 괴이했다. 공랑은 팔을 뻗어 옆에서 웅크린 채 졸고 있는 조 씨와 배 씨를 흔들어 깨웠다. 선잠에서 깬 그들은 그림자를 응시하며 마른침을 꼴깍 삼켰다. 어미 인어였다. 밤새 울던 새끼 인어의 목소리를 듣고, 바다 어디에선가 헤엄쳐 와서는 물 밖으로 나와 해안가를 가로지르고, 숲을 지나 마을까지 걸어온 참이었다. 새끼가 내는 작은 신음에도 응답할 거라더니, 어미가 정말 나타난 것이다. 물속에서는 돌고래처럼 빠르지만 물 밖에 나오니 가늘게 휜 다리로 휘청거리며 걷는 모습이, 술 취한 이가 비틀거리는 것처럼 위태로워 보였다. 버드나무 가지에 거꾸로 매달린 새끼 인어를 본 어미 인어의 목에서 꾸르륵꾸르륵 목젖 떨리는 소리가 들렸다. 새끼 인어는 어미가 온 줄 아는지 모르는지 정신을 잃은 채 깨어나지 못했다.

"어미 인어다!"

놀라움으로 터질 듯한 조 씨의 가슴에서 한마디 탄사가 연기처럼 새어 나왔다. 공랑도, 조 씨도, 배 씨도 보고 있으면서도 믿을 수가 없었다. 신비한 어미 인어. 바다 속에 꽁꽁 숨어 살기에 그 누구도 얼굴을 볼 수 없었고, 실체를 알지 못했던 그 어미 인어가 드디어 눈앞에 모습을 드러낸 것이었다. 달빛에 비친 어미 인어의 그림자가 흐느적거리며 버드나무 근처로 다가왔다.

*

붉은 노을이 하늘에 드리웠다. 덕무는 아내 임 씨를 묻은 언덕에 올랐다.

새끼 인어들은 결국 울지 않았다. 어미 인어는 끝내 찾아오지 않았고, 공 영감과 덕무의 인내심은 이제 한계에 도달했다. 덕무는 찔레나무에서 가느다란 가지들을 꺾었다. 나뭇가지들을 들고 집으로 내려오는데 자꾸 눈물이 흘렀다. 삶이 고달팠다. 너무 억울했다. 할 수만 있다면 술 취한 것처럼 붉은 저 하늘의 멱살을 잡고 따져 묻고 싶었다. 이게 뭐냐고, 지성이면 감천이라더니 이게 뭐냐고. 사람답게 좀 살고 싶은데 왜 이리 삶을 비루하게 만드느냐고……. 비실비실 바다 뒤로 숨는 하늘의 면상을 향해 주먹질을 하고 싶었다.

집에 도착한 덕무는 광으로 향했다. 영실의 방에서 연신 거칠게 숨을 헐떡이는 소리가 마당까지 새어 나왔다. 광문을 벌컥 열자 엎드려 있던 찔레와 짱아가 화들짝 놀라 일어났다. 덕무는 등 뒤로 광문을 닫았다. 그리고 꺾어 온 나뭇가지로 다짜고짜 찔레의 등짝을 후려갈겼다. 채찍처럼 가느다란 나뭇가지가 찔레의 얇은 등짝에 감겼다.

쫙, 쫙.

회초리가 등을 때릴 때마다 찔레의 마른 등에 생채기가 났다. 찔레는 비실거리는 두 다리로 매질을 피해 도망가려다 전족에 연결되어 팽팽해진 쇠사슬 때문에 휘청하고 넘어졌다. 쓰러진 찔레의 등짝으로 덕무의 회초리가 계속 날아들었다.

"울어라! 목청껏 울어라. 네 어미가 널 찾아오도록 제발 좀 울어라!"

찔레의 눈에서 눈물이 뚝뚝 떨어졌다. 소리 없는 눈물이었다.

"소리 내어 울란 말이다. 풀피리 소리를 내며 울란 말이다. 제발 좀 울어라. 살고 싶으면 당장 울란 말이다!"

누나가 맞는 것을 옆에서 지켜보던 짱아가 뛰어들어 찔레의 등을 감쌌다. 그러자 덕무가 내리친 회초리가 찔레 대신 짱아의 등에 감겼다. 덕무는 찔레를 대신해 매를 맞는 짱아의 뒷덜미를 잡아 옆으로 던졌다. 짱아가 벽에 부딪히며 나동그라졌다. 다시 찔레를 향해 회초리가 날아왔다.

"아부지, 그만 때려요. 때리지 마요."

뒤늦게 달려 온 영득이 광문 앞에서 발을 동동 구르며 울었다.

"광에 오지 말라지 않았냐. 저리 가라. 어서, 썩!"

"아부지! 재들 때리지 마요. 말로 해요. 재들 말로 해도 알아들어요. 재들 말해요."

울부짖는 영득의 말에 회초리질을 멈춘 덕무가 돌아보며 말했다.

"영득아, 너 방금 뭐라고 했냐? 정신 차려. 물고기가 어찌 사람 말을 한다고?"

영득이 찔레와 짱아에게 말했다.

"얘들아, 말해. 아부지한테 때리지 말라고 말해. 살려 달라고 빌어. 얼른. 찔레야, 찔레야, 너 이름 뭐야. 말해 봐."

찔레가 입을 벌려 무어라고 우물거렸다.

"뭐라고? 크게 말해야 해. 그래야 아부지가 듣지. 네 이름이 뭐야?"

영득이 재촉했다.

"찔레."

찔레가 답했다.

덕무의 얼굴이 얼음처럼 굳었다.

영득이 다시 물었다.

"더 크게 말해 봐. 네 이름이 뭐라고?"

"찔레."

"내 이름은? 내 이름은 뭐야? 아부지한테 내 이름 말해 봐."

"영득."

찔레가 영득의 이름을 정확하게 말했다.

영득이 짱아에게 말했다.

"짱아야, 너도 말해 봐. 내 이름이 뭐야?"

짱아가 울먹이며 말했다.

"용드기."

영득이 덕무의 핏발 선 눈동자를 애절하게 바라보며 말했다.

"아부지, 맞잖아요. 얘들 사람 말 하잖아요. 그러니까 제발 때리지 말아요."

영득의 울음소리가 달빛 사이로 퍼져 나갔다.

"말을 하다니……. 물고기가 말을 하다니……."

덕무는 믿을 수가 없었다. 부러진 회초리를 바닥에 던지고 광에서 나가며 다짐인지, 자조인지 모를 말을 한숨처럼 토해 냈다.

"내일까지 어미가 안 나타나면 찔레를 잡을 것이다."

다음 날이 되었다.

악화되었던 영실의 상태가 일시적이나마 호전되었다. 자리에서 일어난 영실은 영득과 함께 광으로 달려갔다. 영득에게 들어 지난밤에 있었던 일을 알고 있는 터였다. 찔레는 바닥에 엎드려 있었다. 짱아가 옆에서 찔레를 쓰다듬어 주고 있었다. 영실은 조심스럽게 찔레의 등을 살폈다. 여기저기 패인 상처마다 피가 고여 있었다. 끓는 물에 천을 소독한 영실이 찔레의 상처를 꼼꼼하게 닦아 주었다. 천이 상처에 닿을 때마다 쓰라린지 몸을 움찔하거나, 눈을 질끈 감거나, 입술을 지그시 깨물며 찔레는 꾹 참고 버텼다.

"이제 하룻밤만 자면 상처에 피딱지가 앉을 거야. 가렵더라도 긁으면 안 돼. 긁으면 또 피가 날 수 있으니까. 이 가녀린 몸에 상처가 났으니 얼마나 많이 아플까. 마음에 난 상처는 얼마나 깊을까. 언제쯤 아물까."

영실은 찔레의 가는 팔을 쓰다듬으며 엄마가 아이를 품고 말하듯 조곤조곤히 말했다. 찔레는 영실이 어루만지는 손길의 온기를 느끼며 두 눈을 깜빡거렸다.

"찔레야, 미안해. 우리 아부지 너무 미워하진 마. 원래 착한 아부지인데, 내가 아프니까 판단이 흐려지신 거야. 어머이처럼 나도 떠날까 봐, 홀로 남게 될까 봐. 외롭고 힘이 드니까. 찔레야, 정말 미안해. 나 때문에 네가 이렇게 고통을 당해야 하니 말이야. 우리 어머이는 사람도 나무처럼 아무것도 해치지 말고 살아야 한다고 했는데. 나 때문에, 내가 아파서 너도, 짱아도, 아부지도 모두 너무나 고통스럽게 되었어. 미안해."

말하는 사이에 어느덧 영실의 눈시울이 붉어지며 눈물이 흘렀다. 영실이 흘린 눈물이 찔레의 뺨을 타고 흘러내렸다. 이윽고 찔레가 손을 들어 영실의 눈물을 훔쳐 주었다.

"찔레야, 미안해. 고마워."

영실이 찔레의 눈을 보며 울먹였다.

짱아가 슬그머니 영득의 무릎을 베고 누웠다. 영득도 짱아의 팔을 쓰다듬으며 말했다.

"짱아야, 미안해. 고마워."

짱아가 영득을 따라 말했다.

"용드기, 용드기."

광문 사이로 들어온 햇살이 네 아이를 따스하게 감싸듯 비춰 주었다.

늦은 오후, 노을 질 무렵 공 영감이 섬을 찾았다. 밤바다를 피해 보통은 밝은 아침에 왔다가 어두워지기 전에 서둘러 떠났는데 저녁때 온 것을 보니 섬에서 아침까지 있을 모양이었다. 시간에 쫓기고, 상황이 급박하게 돌아가고 있다는 뜻이었다. 공 영감은 덕무에게 섬 가장자리의 오리 바위까지 함께 내려가자며 앞서 걸었다. 따라나선 덕무가 물었다.

"오리 바위서 뭘 하려고요?"

"새끼들을 울게 할 방법이 생각났어."

"어떻게?"

"따라와 보면 알아."

섬 가장자리에 도착한 그들은 작은 구릉 위에 올라섰다. 구릉 옆으로 오리 바위가 있었고, 바위 옆으로 덕무와 공 영감의 배가 정박해 있었다. 오래전 덕무는 아내 임 씨와 혼인한 기념으로 이 구릉 위에 버드나무 두 그루를 심었다. 나무는 해가 다르게 자랐다. 아내를 땅에 묻은 날, 덕무는 한 그루를 베어 버렸다. 그래서 지금은 나무 한 그루와 한때 나무였던 그루터기가 구릉 위에 남아 있었다. 배가 들어오거나 나갈 때마다 마주하는 그루터기였다. 마주할 때마다 그려 보는 아내의 얼굴이기도 했다.

구릉 위 버드나무 가지에 매듭진 밧줄이 걸려 늘어져 있었다.

"웬 밧줄이오?"

덕무가 물었다.

"내가 가져다 걸어 놓았네."

"왜요?"

"인어 새끼를 울릴 방법이 생각났다니까. 이게 왜 이제야 생각났는지 모르겠군. 저 줄에 인어 새끼를 거꾸로 매달아 놓으면, 머리에 피가 쏠려서 안 울고는 못 배기거든. 아마 대가리가 터지도록 밤새 울 거야."

마치 눈앞에 인어가 매달려 울기라도 하듯, 지레 웃느라 크게 벌린 공 영감의 입속에는 앞니 몇 개만 남아 덜렁거리고 있었다. 희한한 일이었다. 치아만큼은 가지런하던 공 영감인데, 불과 며칠 사이에 앞니 몇 개를 제외한 이가 모조리 빠진 것이다.

덕무는 난감했다. 공 영감의 방법이 틀린 것은 아니었다. 대구도, 명태도, 오징어도 매달아 놓고 바닷바람에 말려 먹는데, 인어라고 그리하지 말라는 법은 없었다. 그래야만 새끼 인어가 울고, 그래야만 어미 인어를 잡을 수 있다면 당연히 매달아 놓아야 했다. 그걸 알고 있음에도 불구하고 덕무의 마음은 닻을 통째로 삼킨 것처럼 한없이 무겁고 거북했다.

"살아 있는 걸 그리 매달아 놓는 게 맞는 건지 모르겠수다. 솔직히 산 채로 매달아 놓는 건 고문을 하는 건데 얘들이 너무 사람을 닮아 놔서, 그리할 수 있을는지. 우리 애들도 가만있지 않을 듯싶고 말이오. 애들이 가르쳤는지 인어 새끼들이 말도 합디다. 지 이름을 얘기합디다."

구멍 난 옷에 기울 천을 덧대듯, 맥락 없는 말을 주섬주섬 잇는 덕무의 모습을 보는 공 영감의 얼굴이 얼음장처럼 차가워졌다.

"자네 왼팔 좀 줘 보게."

말이 끝나기 무섭게 공 영감은 덕무의 왼팔을 잡아 그루터기 위에 올려놓았다. 그와 동시에 덕무의 팔에 밧줄 올가미를 걸어 손목밖에 없는 자신의 팔에 감아 팽팽하게 잡아 눌렀다. 그리고 성한 손으로 허리에 차고 있던 손도끼를 뽑아 어깨 위로 들어 올렸다. 날카로운 도끼날이 그루터기 위에서 옴짝달싹 못 하는 덕무의 팔을 겨누었다. 하얗게 질린 팔이 도마 위에 올라온 생선처럼 떨렸다.

"뭐 하는 거요?"

놀란 덕무가 그루터기에서 팔을 빼내려 했지만 밧줄에 묶여 움직일 수 없었다. 공 영감이 소리쳤다.

"움직이지 말게. 꼼짝도 하지 말고 팔을 그냥 거기 둬. 조금만 움직이는 기미라도 보이면 이 도끼가 내리꽂힐지도 모르네."

"영감님, 대체 왜 이러는 거요?"

덕무는 공 영감을 자극하지 않으려 그루터기 위의 팔을 최대한 움직이지 않고, 침착하게 물었다.

"자네 진심을 알고 싶네. 딸년을 진짜 살리고 싶은 건지 아닌지 말이야. 어미 인어를 진짜 잡고 싶은 건지 모르겠네. 입만 벌리면 변명에, 허접한 이유에, 값싼 동정심에, 가당찮은 상념을 쏟아내니, 일이 되게 하자는 건지 망치려는 건지 잘 모르겠다고. 그래서 내 지금 자네 진심을 알아야겠네. 한 가지 질문을 할 테니 즉시 답하게나. 답이 늦거나 안 나오면 이 도끼가 자네 팔 위로 떨어질 거야. 그럼 묻겠네. 자네 왼팔이 독사에 물렸네. 살고 싶으면 독이 퍼지기 전에 팔을 잘라야 해. 근데 막상 자르려고 하니까 못 자르겠는 거야. 왜냐? 자네 팔을 문 뱀이 독사인지 아닌지 확신이 안 서기 때문이지. 독사인 줄 알고 잘랐는데 독사가 아니면, 엄한 팔이 없어지는 거 아닌가. 반대로 독사가 맞는데 안 자르면 어떻게 되겠나? 독이 온몸에 퍼져서 죽고 말겠지. 대답해 보게. 이 상황에서 자네는 어떤 결정을 내리겠나?"

"글쎄요."

"글쎄요는 답이 아니야. 망설이는 순간 아무것도 못 하고 죽는다고. 빨리 결정하게. 팔을 자를 건가, 안 자를 건가?"

공 영감이 도끼를 든 손을 치켜들었다.

"자, 자, 잠깐만!"

"팔만 자르면 자네를 문 뱀이 독사든 아니든 살 수는 있지. 그런가, 안 그런가?"

"그렇소."

"그럼 어떻게 해야겠나?"

"모르겠소."

덕무의 턱이 덜덜 떨렸다.

"모르긴 뭘 몰라. 팔을 잘라야지."

잘 갈린 도끼날이 허공에서 번쩍였다.

"하지만! 만약에 팔을 잘랐는데……."

"시간 없어. 빨리 말하게."

"독사가 아니면요?"

"지금 뭐가 중요한지 모르겠나? 팔이 중요한가, 아니면 사는 게 중요한가?"

"사는 게 중요하지요. 사는 거요."

덕무의 대답과 동시에, 날카로운 도끼날이 번쩍 섬광을 일으키며 허공을 부웅 갈랐다.

퍼억. 도끼날이 간발의 차이로 팔을 빗겨 그루터기에 깊숙이 박혔다. 덕무의 관자놀이에서 식은땀이 주르륵 흘러내렸다.

공 영감이 어린애 어르듯 말했다.

"안 잘랐으면 자네는 팔 달린 채 죽었을걸세. 왜냐하면 자네 팔을 문건 독사였거든."

"독사였는지 아니었는지 어떻게 확신하오?"

"확신? 일단 살아 있어야 확신도 할 수 있지. 살아만 있으면 나머지는 전부 자네한테 달렸네. 자네가 독사라면 독사고, 인어라면 인어인 거야. 그러니 이제부터는 잔인하다느니, 인어가 너무 사람처럼 생겨 함부로 못 다루겠다느니, 인어가 말을 배워서 매달면 안 된다느니, 애들이 못 받아들인다느니 그런 말은 하지 말게. 혼자만 양심 있는 척하지 말란 말이야. 착한 척하다가 때를 못 맞추면 팔이 아니라 목숨이 날아가. 무슨 말인지 알겠나?"

"알겠소."

"살아 있어야 불로초도 소용 있는 거지, 죽은 진시황한테 불로초가 무슨 필요가 있겠나? 자네 딸년이 죽어 버린 다음에 어미 인어가 찾아온들 무슨 소용이 있겠어? 안 그런가?"

"맞는 말이오."

"알면 됐네. 더는 못 기다려. 수단 방법을 가리지 말고 어미를 찾아 울게 만들고, 만약 새끼가 우는데도 어미가 안 오면 영 물 건너간 거니까, 새끼를 바로 끓여서 기름을 내세. 알겠나?"

덕무는 마지못해 고개를 끄덕였다.

해가 바다 뒤로 넘어가기 전에 검고 묵직한 구름에 가려 사라졌다. 먹구름 뒤로 사라진 해를 보며 덕무는 다행이라고 생각했다. 해가 스스로 지는 모습을 보지 않아도 되니 덜 절망적인 것 같았다.

6장

그물이 찢어지다

장작불이 꺼졌다. 누런 기름이 가마솥 안에 떠오르기 시작했다. 전해져 내려온 이야기가 옳다면, 세월에 누락되거나 왜곡되지 않았다면, 마을 사람들이 바라보고 있는 저 기름은 이 세상 모든 금을 준다 해도 얻을 수 없는 귀한 것이었다. 천하를 통일한 진시황도 구할 수 없었던 그것. 죽음의 앞자락을 밟고 선 황제가 눈을 감는 마지막 순간까지 기다렸던 그것. 동쪽으로 보낸 신하 서복이 가지고 돌아오기를 간절히 바랐던 바로 그것. 불로장생을 약속하고 영생불멸을 실현할 어미 인어의 기름이 마침내 떠오른 것이다.

기름을 뜨기 전에 펄펄 달구어진 쇠 가마솥이 식을 때까지 기다려야 했다. 몇 시간은 기다려야 가마솥이 식고 기름을 분리해서 뜰 수 있을 텐데 마을 사람 중 그 누구도 자리를 뜨지 않았다. 두런두런 이어지던 대화도 칼에 썰린 듯 뚝 끊겼다.

'내 몫은 얼마나 될까?'

가마솥을 바라보는 모두의 머릿속은 똑같은 질문으로 꽉 차 있었다. 조 씨와 함께 인어 사냥에 나섰던 일행은 물론 사냥에 동참하지 않은 사람들도 뒤늦게나마 무엇 하나라도 거들며 자신의 지분을 확보하려 들었다. 마을 사람들은 가마솥을 가져와 걸거나, 장작더미를 지고 오거나, 장작불을 지피거나 하면서 잔치라도 열 듯 부산을 떨었다. 모두 누군가의 자식이고 누군가의 부모였다. 저마다 오래 살아야 할 이유와 저간의 사정이 있었고, 그 사정들을 통틀어 욕망이라는 한 단어로 뭉뚱그리기에는 무리가 있었다. 각자의 목숨은 소중했고 사정은 절실했다. 그 소중한 개개인이 한 사람도 빠짐없이 인어 기름을 원했다.

지난밤, 어미 인어가 제 발로 걸어왔다.

매복한 채 밤을 지새우던 조 씨와 배 씨 그리고 공랑은 막상 어미 인어가 나타나자 어찌할 바를 몰라 한동안 그대로 지켜보았다.

어미 인어는 자태부터가 수놈과 달랐다. 민머리인 수놈이나 새끼 인어와 달리 어미 인어의 머리에는 머리카락이 나 있었다. 푸르스름하면서 투명한 것이 해파리의 촉수 같았다. 한 걸음 옮길 때마다 얇고 긴 머리카락이 치렁댔다. 핏기 없는 창백한 얼굴에 큰 눈과 작은 코, 얇은 입술이 보였다. 목덜미부터 가슴으로 타고 내려오며 은가루가 흩뿌려져 있는 듯 미세한 은빛 점들이 반짝거리며 빛났다. 눈처럼 하얀 피부는 속이 들여다보일 정도로 맑고 투명했다. 양 옆구리에서 은빛 지느러미가 펄럭이는 모습이 마치 나비의 날갯짓 같았다. 하체로 내려가면서 피부색은 푸른빛으로 바뀌었는데, 엉덩이와 양다리 그리고 짧은 꼬리를 덮은 하얀 반점들이 흡사 하늘에 떠 있는 흰 구름 같았다. 깊은 바다 속에서는 푸른 빛 하체가 바다와 한몸처럼 보일 수도 있을 것 같았다. 그리고 어미 인어의 아랫배 정중앙에 그것이 보였다. 투명한 피부 속의 심장이 뛸 때마다 함께 깜빡거리는 붉은 빛. 만병을 고치고, 천년을 살게 하는 바로 그것, 영원한 생명을 약속하는 생명 주머니였다.

굳이 잡고 말 것도 없었다. 서투르고 엉성한 걸음걸이로 마을까지 걸어오느라 이미 지칠 대로 지쳐 버린 어미 인어는 버드나무에 거꾸로 매달린 채 혼절한 새끼 인어를 향해 다가오다가 덫 위에 깔아 놓은 위장용 나뭇가지를 밟았다.

철커덕 소리와 함께 멧돼지를 잡을 때 쓰는 날카로운 쇠 덫이 어미 인어의 발목을 콱 물어 버렸다. 그 위력이 얼마나 셌던지, 아니면 평생 육지에 나올 일도, 걸을 일도 없었던 어미 인어의 다리가 얼마나 가늘고 약했는지, 덫은 어미 인어의 발목을 즉시 절단해 버렸다. 발목이 잘려 나간 어미 인어는 새끼를 향해 기어가기 시작했다.

어미 인어는 고통스러워하며 그렁그렁 목 닳는 소리를 내었다. 그 소리에 버드나무에 매달려 있던 새끼 인어가 눈을 뜨고 어미를 보았다. 어미와 눈이 마주치자 새끼 인어는 울음을 터뜨렸다.

삘리리, 삘리리리릭.

어미를 향한 새끼의 처절한 울음소리가 밤하늘을 갈랐다. 어미 인어의 절단된 발에서 콸콸 쏟아진 피가 도랑을 타고 흘렀다. 다음 순간, 어미 배 속의 생명 주머니에서 명멸하던 붉은빛이 활활 타오르는 모닥불처럼 갑자기 밝아졌다. 절단된 발목을 스스로 치유하려는 듯, 불붙은 듯 밝아진 생명 주머니에서 붉고 따스한 기운이 흘러나와 혈관을 타고 상처 난 발목으로 흐르기 시작했다. 어미 인어가 스스로를 고치려는 것이었다.

이를 놓칠세라 조 씨가 냉큼 달려가 쥐고 있던 날카로운 칼로 어미 인어의 등을 찔렀다. 한 번, 두 번, 세 번. 칼질이 끝났다. 활활 타오르던 불에 찬물을 끼얹은 듯, 생명 주머니의 빛은 희미해지다가 소멸해 버리고 말았다. 어미 인어는 새끼에게 겨우 열 걸음을 남겨 두고 숨을 거두었다.

새끼 인어의 날카로운 울음소리에 잠에서 깬 마을 사람들이 우물가로 모여들었다. 날이 밝자 사람들의 마음은 바빠졌다. 시체가 상하기 전에 서둘러 어미 인어를 토막 내 기름을 짜야 했다. 사람들은 우물가에 장작불을 피우고 가마솥을 걸었다. 그리고 토막 낸 인어를 가마솥에 넣고 끓였다. 뚜껑 닫힌 가마솥에서 새어 나오는 흰 연기가 하늘에 떠가는 구름에 닿을 만큼 끝없이 올라갔다. 마을 사람들의 관심사는 온통 인어 기름뿐이었다. 공랑은 죽었는지 살았는지 미동도 없는 새끼 인어를 가리키며 조 씨에게 물었다.

"새끼 인어는 어떻게 할까요?"

조 씨가 흘깃 보더니 고개를 돌리며 말했다.

"너 가져라. 먹든지 버리든지."

공랑은 버드나무에 묶인 새끼 인어의 목줄을 풀었다. 가죽끈이 목을 파고들어 목둘레로 상처가 나 피고름이 흘러나왔다. 햇빛에 화상을 입은 피부는 여기저기 벗겨져 불에 덴 것 같았다. 이제 와서 풀어 준들 소생할 수 없을 것 같았다. 그렇다고 나무에 계속 매달아 둘 수도 없는 노릇이었다. 공랑은 새끼 인어를 업고 마을을 빠져나와 숲속 오솔길로 걸었다. 숲을 지나면 바다가 있었다. 바다에서 불어오는 바람에 소나무들끼리 부딪혀 스르르 소리를 내었다. 새끼 인어를 업고 걷던 공랑이 소나무를 올려다보았다. 굽어보는 소나무들이 팔처럼 뻗은 가지 사이로 하늘에 떠 있는 해가 보였다. 가지에 조각난 햇볕이 공랑의 얼굴에 파편처럼 꽂혔다. 얼굴이 따갑고 마음이 쓰라렸다. 왜 이 지경까지 왔느냐며 해가 자신을 아프게 쏘아보는 것 같았다. 바다에서 불어오는 바람에 머리카락이 날렸다. 등에 업힌 새끼 인어는 죽은 듯 조용했다. 숲이 끝나는 곳에서 바다가 시작되었다.

철썩철썩.

파도 소리가 죽은 듯 눈을 감은 새끼 인어를 깨웠다. 새끼 인어는 부서지는 파도 소리에 귀를 움직이고, 바람에 실려 온 내음에 막힌 코를 벌름이더니, 이윽고 눈을 떴다. 옆구리에 난 작은 지느러미가 살며시 팔라닥거렸다. 먼 길을 돌아와 안긴 엄마 품처럼 따스한 고향의 익숙함이, 포근함과 안락함이, 죽어 가던 새끼 인어에게 소생을 위한 숨을 불어넣고 있었다. 공랑은 새끼 인어를 바닷가 모래사장에 조심스럽게 내려놓았다. 파도가 너울거리며 다가와 인어의 몸을 쓰다듬으며 적셨다. 공랑은 몇 발자국 떨어진 모래사장에 쭈그려 앉아 인어를 살펴보았다. 바닷물이 한 번씩 어루만질 때마다 말라비틀어졌던 새끼 인어의 몸이 조금씩 꿈틀거렸다. 큰 파도가 밀려오더니 이불로 덮듯 새끼 인어의 몸을 감쌌다. 바다가 새끼 인어를 품었다. 밀려온 바닷물이 쓸려 갔다. 파도가 지나간 자리에 새끼 인어는 더 이상 보이지 않았다.

공랑은 마을로 돌아오는 길에 서 씨 할머니의 외딴집에 들렀다. 할머니는 밖에 나와 쭈그리고 앉아 무언가를 찾듯 하늘을 올려다보고 있었다.

"어미 인어를 잡았어요. 지금 끓이고 있어요."

들었는지 안 들었는지 서 씨 할머니는 반응이 없었다.

공랑은 서 씨 할머니 옆에 쭈그려 앉아 할머니가 바라보는 하늘을 올려다보았다. 구름 한 점 없는 맑고 청명한 하늘이었다.

"새끼를 모래사장에 놓아주었더니 파도가 와서 데려갔어요."

말 없는 할머니에게 공랑이 또 말했다.

"몇 시간만 더 기다려서 가마솥이 식으면 기름을 뜰 거래요. 솥단지 앞에 온 마을 사람들이 모두 모여 앉아 있어요."

서 씨 할머니의 마른 가슴에서 작은 탄식이 흘러나왔다.

"할머이는 기름 안 먹을 거예요?"

"안 먹는다."

"왜요? 그걸 먹으면 무병장수한다잖아요."

"그래서 너는 먹을 거냐?"

"조 씨 아저씨가 약속했어요. 내 덕분에 새끼 인어를 잡았으니 기름을 짜면 내 몫을 확실하게 챙겨 주기로요."

서 씨 할머니가 공랑에게 말했다.

"먹지 마라."

“싫어요. 먹으면 오래 산다는데 왜 안 먹어요?”

“그건 사람을 살리는 약이 아니다. 오히려 죽이는 약이야. 사람에게 허락되지 않은 걸 먹으면 다시는 사람처럼 살 수 없게 된다.”

“할머이가 그걸 어떻게 알아요?”

“아주 오래전이었어. 배들이 왔을 때 소정이는 열여섯인가, 열일곱이었지.”

서 씨 할머니가 나지막한 목소리로 옛이야기를 시작했다.

빈 하늘을 가로질러 갈매기 한 무리가 날아갔다. 살랑살랑 불어오는 바닷바람이 닿는 곳마다 나무와 풀의 낱 잎들이 나붓댔다. 공랑은 잠자코 앉아 할머니의 이야기를 끝까지 들었다. 그리고 일어나 말했다.

“전 이만 가 볼게요. 할머이, 안녕히 계세요.”

돌아서서 총총걸음으로 사라지는 공랑을 보며 서 씨 할머니가 중얼거렸다.

“사람답게 살려면 먹지 마라.”

깊게 팬 할머니의 주름 사이로 햇볕이 고여 들었다.

공랑이 마을로 돌아오는 길에 보니, 바다 저편으로부터 수를 셀 수 없을 만큼 많은 갈매기 떼가 해안가를 향해 날아오는 모습이 보였다. 육지에서 바다로 날아가는 철새 떼는 본 적이 있으나 바다에서 육지를 향해 날아오는 수많은 새 떼는 이제껏 본 적이 없었다. 이는 조금 후 있을 비극을 예고하는 공포스러운 광경이었다. 십여 년 전, 남쪽 도시 경주에 지진이 나서 마을의 집들이 무너지고 수백 명이 죽은 그날 저녁 무렵에도 지금처럼 갈매기들이 육지로 날아들었다고 했다. 그 직후 거대한 파도가 닥쳐 마을 사람 수십 명을 쓸어가 버린 적이 있었다. 바람이 불었다. 빈 하늘에 한 점, 두 점 커다란 먹구름이 밀려왔다. 공랑은 마을을 향해 발걸음을 재촉했다.

*

"일어나, 누나. 어서 일어나."

한밤중에 영득이 영실을 흔들어 깨웠다. 얼마나 급했는지 신도 못 벗고 누나 방에 들어왔다. 영실이 깨어서 보니 영득의 얼굴이 눈물로 얼룩져 있었다.

"왜 그래, 영득아?"

"누나, 큰일 났어. 공 영감님이랑 아부지가 찔레랑 짱아를 데려갔어."

"어디로? 어디로 데려갔어?"

"섬 밑에 오리 바위로. 찔레를 버드나무에 매달 거라 그랬어. 어미 인어가 올 때까지 매달아 놓고, 소리 내어 울 때까지 때릴 거라 그랬어. 엉엉."

영실과 영득은 서둘러 집을 나서 비탈길을 달려 내려갔다. 영실의 숨이 더욱더 가빠졌다. 아이들의 밤길을 달빛이 배웅하듯 비춰 주었다.

오리 바위에 묶인 배 두 척이 밀려왔다 쓸려가기를 되풀이하는 바닷물에 흔들거리다 삐그덕거리기를 반복했다.

공 영감이 찔레에게 억지로 신겼던 전족을 벗겼다. 짓눌린 발에 난 상처가 짓물러 고름이 흘렀다. 공 영감은 아랑곳하지 않고 찔레의 양발을 잡아 버드나무 가지에 늘어뜨린 밧줄에 묶었다. 몇 발자국 떨어진 곳에서는 덕무가 짱아를 데리고 있었다. 짱아의 목에는 목줄이 채워져 있었고 덕무가 줄 끝을 잡고 있었다. 멀뚱거리며 선 덕무에게 공 영감이 짜증을 내며 쏘아붙였다.

"거 허수아비처럼 서 있지 말고 와서 밧줄 좀 당기게."

밧줄을 당기자 찔레의 몸이 거꾸로 끌어올려져 허공에 매달렸다. 가는 다리가 끊어질 듯 늘어나고, 꽁꽁 묶인 발목에 피가 통하지 않자 찔레는 끙 하며 앓는 소리를 내었다. 피가 쏠려 작고 창백한 얼굴이 터질 듯 빨개졌다. 고통에 겨운 나머지 찔레의 눈에서 눈물이 방울방울 떨어졌다. 몇 걸음 떨어진 곳에서 이를 바라보던 짱아도 소리 없이 눈물을 흘렸다.

덕무의 마음속은 천둥과 번개가 동시에 치듯 요동쳤다. 그의 마음을 가득 채운 것은 두 가지 감정이었다. 분노와 좌절감. 소리 내어 울지 않는 찔레에 대한 분노와 죄책감에서 비롯된 좌절이었다. 딸을 살리겠다는 염원 하나로, 하나뿐인 목숨을 버릴 각오로 흑암도에 들어가 어렵사리 잡아 왔다. 팔을 잘라 먹여 보라는 점쟁이의 말도 무시하고 지켜 주었고, 몸이 상하는 일을 최대한 피하려 잡는 것도 미루었다. 어미 인어만 오면 얼마든지 풀어 줄 준비가 되어 있건만 그런 염원을 철저히 외면하고 소리 내어 울어 주지 않는 찔레를 보며, 이제는 거꾸로 매달아 고문까지 해야 하는 작금의 상황이 덕무는 감당하기 힘들었다. 아내가 살아 있었다면 지금의 자신을 보고 뭐라고 했을까. 아내를 꼭 닮은 영실은 아비를 어떤 인간으로 생각할까. 죄를 짓고, 그 죄를 만회하기 위해 또 다른 죄를 짓고. 죄를 되풀이하는 동안 만들어진 굴레가 자신의 목에 저절로 채워졌음을 깨닫는 순간, 숨 막히는 좌절감이 엄습했다.

찔레는 거꾸로 매달려서도 소리 내어 울지 않았다. 그런 찔레를 보고 공 영감은 찡그리며 웃었다. 웃고 있는데 고통스러워 보였다.

“역시, 그냥은 안 울 줄 알았다.”

공 영감이 자신의 배에 올라타더니 작은 짐 꾸러미를 들고 내렸다. 꾸러미를 거꾸로 뒤집자 칼과 송곳, 채찍 따위의 날카로운 연장들이 쏟아졌다. 덕무는 경악했다. 보통 사람이 들고 다닐 만한 연장이 아니기 때문이었다. 그중에서 날카로운 칼을 집어 든 공 영감이 찔레에게 바짝 다가서며 말했다.

"울 거냐, 말 거냐? 지금 당장 울지 않으면 내가 널 아주 아프게 할 텐데."

시퍼런 칼날이 거꾸로 매달린 찔레의 얼굴 앞에서 어른거렸다. 덕무는 차마 더 이상 보지 못하고 밤바다로 고개를 돌렸다. 그동안 가물어 마른 논에 비를 기다리는 마음으로 어미 인어를 기다렸건만, 목숨과 맞바꿔도 아깝지 않을 딸의 치유를 위해 구원을 기다렸건만, 운명은 침묵한 채 대꾸도 없었다. 밤바다에는 달빛을 머금은 파도만 밀려올 뿐 어미 인어의 모습은 보이지 않았다.

공 영감이 찔레에게 어떤 위협을 가했는지 덕무는 보지 못했다. 아니, 부러 외면하고 보지 않았다. 이가 갈리는 듯한 찔레의 신음 소리가 새어 나왔다. 돌아선 공 영감의 칼끝에 핏자국이 배어 있었지만, 덕무는 찔레에게 무슨 짓을 했는지 묻지 않았다. 겨우 지탱하는 죄책감의 무게를 감당하지 못할까 두려워 물을 수 없었다.

찔레는 우는 대신 이내 혼절했다. 화가 잔뜩 난 공 영감이 채찍을 집어 들더니 절룩거리며 짱아에게 다가왔다. 겁에 질린 짱아가 어깨를 움츠리는 순간, 공 영감이 짱아를 향해 채찍을 휘둘렀다. 몸집이 작고 움직임이 빠른 짱아는 날아오는 채찍을 요리조리 피하며, 목줄이 허락하는 범위 내에서 민첩하게 움직였다. 다리와 손이 불편해 행동에 제약이 많은 공 영감이 빠르고 날쌘 짱아를 상대하는 데는 무리가 있었다.

"박 씨, 저 녀석을 잡아 바위에 엎어 놓게. 어서!"

약이 오를 대로 오른 공 영감이 소리를 질렀다. 덕무는 엉겁결에 손을 뻗어 짱아의 목덜미를 움켜잡았다. 덜미를 잡힌 짱아가 고개를 들어 덕무를 올려다보았다. 덕무는 짱아를 바위에 밀어붙인 뒤, 양어깨를 눌러 움직이지 못하도록 붙잡았다. 짱아의 작은 등이 공 영감을 향해 드러났다. 허공을 가른 채찍이 짱아의 등에 사정없이 파고들었다.

쫙, 쫙, 쫙.

연달아 세 대를 맞은 짱아의 등이 파이며, 핏방울이 덕무의 얼굴로 튀었다. 짱아는 고통스러워 끅끅 신음 소리를 내었다.

"울어. 안 울면 네 등허리가 갈가리 찢겨 나갈 거다. 어서 울어! 소리 내어 울어! 네 어미가 듣고 올 때까지 소리 내어 울란 말이다!"

분노로 시뻘게진 얼굴을 일그러뜨린 채 공 영감은 광기 어린 고함을 질렀다.

그 순간 영실의 목소리가 들렸다. 비분과 애탄에 찬 목소리였다.

"자식 매 맞는 소리를 듣고도 안 올 어미 같으면 원래 없는 어미요, 듣고도 안 왔다면 어미 노릇 하는 가짜일 거예요. 헉헉, 어미가 있었다면 아픈 자식 숨소리만 듣고도 찾아왔겠지요."

영실이 숨을 헐떡거리며 구릉 위로 올라왔다. 영득과 함께였다. 가쁜 숨을 참으려는 듯 손으로 가슴을 누른 채 덕무에게 다가왔다.

"여…… 영실아."

덕무는 짱아의 어깨를 누르던 손을 풀고 영실을 바라보았다.

다음 순간, 짱아가 영득의 품으로 도망쳤다. 영득은 짱아를 감싸 안았다. 짱아의 등에서 흐른 피가 영득의 손을 적셨다. 영득이 울먹이며 말했다.

"아부지, 짱아 때리지 마. 때리지 마."

영실이 차분하게 말을 이었다.

"아부지, 몇 번을 말해야 깨닫겠어요? 헉헉, 얼마나 후회해야 돌이키겠어요? 찔레랑 짱아는 나나 영득이랑 같아요. 어미 없는 남매란 말이요. 들어 줄 어미가 없으니 안 우는 거라구요. 헉헉, 그러니 이제 그만 보내 줘요. 애들이라도 살게요. 나 살겠다고 못 살게 굴지 말고 제발 내버려 둡시다."

"아니다. 애야, 저것들은 사람이 아니야. 사람 모습을 한 요물이야. 아주 오래 살아서 요물이 된 물고기라고."

공 영감이 회유하듯 말했다.

영실이 찔레에게 다가가려 하자 공 영감이 날카롭게 소리 질렀다.

"얘야, 냅둬라. 한 발자국만 더 다가가면 험한 꼴 보게 된다."

멈춰 선 영실이 공 영감을 향해 말했다.

"영감님, 이보다 더 험한 꼴이 어디 있습니까? 영감님도 내 아부지도, 참 딱합니다. 사람처럼 생겨서, 사람처럼 먹고 사람처럼 말하는 걸 보고도 저 아이를 잡아먹겠다는 거요? 헉헉, 나더러도 잡아먹으라는 거요? 살기 위해 그렇게까지 해야 합니까? 사람은 나 살자고 아무거나 해도 되는 거예요?"

덕무가 어찌할 바를 몰라 할 때 공 영감의 성난 소리가 허공을 가르며 귓가에 박혔다.

"아니다! 저것들은 사람이 아니야. 물고기야! 사람 말 따라 하는 요망한 물고기라고! 네가 모르는 사이에 필경 인어에게 홀린 게야. 저 요물 때문에 제정신을 잃고 미친 거라고."

"알았으니까 내 딸에게 소리 지르지 마소!"

덕무가 공 영감의 말을 끊으며 굳은 표정으로 말했다.

"아비가 마지막으로 말하마. 더 이상 지체할 수 없다. 오늘 밤 어미가 새끼들을 데리러 오지 않으면 찔레를 잡아 기름을 내겠다."

그러자 영실이 차분히 말했다.

"정 그렇다면 기다릴 이유가 뭐가 있어요? 헉헉, 그냥 지금 잡읍시다, 아부지."

"뭐라고?"

"없는 어미가 올 리 없으니 기다리지 말고 찔레를 지금 잡자구요. 헉헉."

당황한 영득이 말렸다.

"누나, 왜 그래. 안 돼, 누나."

"왜 그러다니? 살려고 그러지. 헉헉, 아부지 말 못 들었니? 찔레를 잡아먹어야 내가 산다잖아."

갑자기 정신의 고삐가 풀린 것처럼 태도가 돌변한 영실의 말투와 표정에 덕무와 영득은 어찌할 바를 몰랐다. 공 영감도 당황하기는 마찬가지였다. 자신의 말마따나 영실이 갑자기 뭔가에 홀리기라도 했단 말인가.

"아부지, 뭐 해요? 빨리 잡아요. 헉헉, 내가 아부지 원대로 찔레 기름 한 방울도 안 남기고 다 마실 테니 지금 잡아 주어요. 숨 가빠 못 살겠으니 잡아 주어요. 헉헉……. 못 잡겠으면 내가 잡을게요. 영감님, 칼이랑 도마 좀 줘 봐요. 아부지는 불 피우고 솥단지 걸어요."

쉴 새 없이 휘몰아치듯 말을 마친 영실은 찔레를 향해 한 발자국 옮기는가 싶더니 그대로 고꾸라져 정신을 잃었다. 덕무가 달려가 쓰러진 딸을 안았다.

밤이 깊어 갔다.

덕무가 영실을 집에 누이고 다시 오리 바위로 내려와 보니 찔레는 버드나무에 거꾸로 매달린 채 혼절해 있었다. 줄에 묶인 짱아는 오리 바위에 기대어 잠들어 있었다. 주위에 매복해 있던 공 영감이 덕무를 손짓해 불렀다.

"딸은?"

"잠들었소."

"쯧……. 걔가 너무 소란을 피워서 어미 인어가 왔다가도 돌아갔겠어."

사람의 정이라곤 한 점도 묻어나지 않는 말투에 덕무는 새삼 눈을 돌려 공 영감의 얼굴을 뜯어보았다. 며칠 전부터 이상하리만치 급격히 노화한 것 같다고 생각했는데, 지금 보니 달빛에 비친 그 얼굴이 세월의 소낙비를 맞은 듯 지나치게 늙어 보였다. 오래된 나무를 꽉 채운 수백 줄 나이테처럼 그의 얼굴은 쭈글쭈글한 주름으로 구겨져 있었다. 그나마 남아 있던 앞니도 며칠 새 죄다 빠지고, 입술 위아래로 세로 주름이 깊게 파여 있었다. 듬성듬성 나 있던 머리털은 모조리 사라져 민머리가 되었고, 낯빛은 차디찬 수은 색으로 변해 있었다. 도저히 사람의 얼굴이라 보기 어려울 정도로 기괴한 모습이었다.

"영감님은 괜찮소? 낯빛이 안 좋아 보입니다."

"왜? 늙어 보이나?"

"꼭 그렇다기보다는 아파 보입니다."

"몸이 안 좋기는 안 좋지. 이 몸뚱이를 너무 오래 썼거든. 인어 기름 한 사발 쭉 들이켜면 다시 좋아질 게야."

덕무는 공 영감에게 해야 할 질문이 있다는 것을 떠올렸다. 미루고 미루었던 질문, 손에 잡힐 듯 눈앞에 떠다니는 행운이 신기루처럼 사라질까 두려워 미루었던 그 질문을 이제는 해야겠다는 생각이 들었다. 공 영감을 향한 풀리지 않는 의문은 수십 가지였다. 해야 할 질문 역시 수십 가지였으나, 단 한 가지만 물으면 나머지는 안 물어도 상관없을 듯했다. 열쇠 없는 자물통처럼 상황을 잠가 버린, '왜'라는 그 질문 말이다.

"내가 진즉에 묻고 싶은 질문이 있었는데, 물어도 되겠소?"

"몇 살인지만 빼고 묻게. 나이라곤 잊은 지 오래니까."

"영감님은 왜 그토록 인어 기름을 원하오?"

덕무는 단도직입적으로 물었다. 공 영감의 입에서 인어 기름 이야기가 나온 첫날부터 줄곧 묻고 싶었던 질문이었다. 왜 그리 원하는지. 얼마나 간절히 원하기에 이토록 추한 꼴을 보려 하는지 알고 싶었다.

크아악, 퉤.

공 영감은 대답 대신 걸쭉한 가래침을 돋우어 뱉어 냈다.

"기분 나쁘게 받아들이지는 마소. 나이도 잡술 만큼 잡쉈고, 가족도 없으니 더 살 가치가 없지 않느냐는 뜻은 아니었소. 너무나 절실해 보이기에, 왜 이토록 인어 기름에 집착하는지 참말로 궁금해서 물은 것뿐이오."

전방을 주시하던 공 영감이 덕무에게 시선을 주지 않은 채 말했다.

"내가 원하는 게 아니야. 생각이 원하는 거지."

"무슨 생각 말이오?"

"더 먹고 싶다는 생각. 더 먹어야 한다는 생각. 그뿐이야."

"그 생각도 영감님 생각이니 영감님이 원하는 거잖소?"

되묻는 덕무의 질문에 공 영감은 설명하기 난해한 듯 미간을 찌푸렸다.

"그렇기는 한데, 이게 말이야……. 인어 기름을 한번 마시고 그 맛을 알아 버리면 내가 얼마나 더 마셔야 할지, 얼마나 더 마시고 싶은지 알 수가 없어지거든. 다른 생각은 다 없어지고 딱 한 가지 생각만 남는다네. 더 마시고 싶다는 생각. 그게 나머지 생각들을 다 집어삼켜 버리지. 그다음부터는 생각을 할 필요가 없어. 어차피 한 가지 생각밖에 없으니까."

그건 생각이 아니라 그릇된 욕망이 아니냐고 덕무가 반문하려는 찰나, 소리가 들려왔다.

삘리리, 삘리리.

분명 풀피리 소리였다.

삘리리, 삘리리.

바람에 실려 온 풀피리 소리는 찔레와 짱아도 깨웠다. 나무에 매달린 찔레와 바위에 묶인 짱아가 귀를 쫑긋 세우더니 두리번거렸다.

덕무는 귀를 의심했다.

"저, 저 소리는."

"인어 울음소린데?"

공 영감의 마른입에서 탄성이 새어 나왔다.

"어디서 나는 소리지?"

덕무와 공 영감은 소리 나는 쪽으로 고개를 돌렸다. 눈앞에 펼쳐진 바다 쪽에서 날아오는 소리는 아니었다. 비탈길 위 덕무의 집에서 나는 소리도 아니었다. 소리는 그들이 있는 오리 바위 맞은편, 그러니까 섬 반대쪽에서 들려왔다.

"어미 인어가 정말 찾아온 것 같소?"

덕무의 가슴이 뛰기 시작했다.

"침착해야 하네. 어미 인어가 아닐 수도 있으니까. 어미 인어라면 굳이 이렇게 요란한 소리를 내겠나?"

공 영감은 덕무에 비해 신중했다. 그러나 자중하는 그의 목소리도 떨리기는 마찬가지였다. 만약에 진짜 어미 인어가 왔다면, 그의 눈앞에 미래의 천 년이 다가오는 셈이기 때문이었다. 두 사람이 할 바를 못 정하고 망설이는데, 이번에는 지척에서 풀피리 소리가 크게 들렸다. 두 사람이 눈을 들어 보니, 나무에 매달려 혼절했던 찔레가 삘리리 풀피리 소리를 내며 울기 시작한 것이었다. 찔레에 이어 짱아까지 풀피리 소리를 내며 따라 울었다.

삘리리, 삘리리, 삘리리리.

찔레와 짱아의 풀피리 소리가 섬 반대쪽에서 날아오는 풀피리 소리와 만나 합창하듯 울려 퍼졌다.

그동안 회초리에 맞고 채찍에 맞아도 울지 않던 찔레와 짱아가 풀피리 소리에 반응하며 스스로 소리 내어 울기 시작하자, 공 영감과 덕무는 누가 먼저랄 것도 없이 동시에 일어섰다. 새끼 인어들의 반응으로 보아, 섬 반대편에서 들려오는 소리야말로 어미 인어의 것이라는 확신이 생긴 것이다. 섬이라고 해 봤자 손바닥만 했으니 가장자리를 따라 돌면 반대쪽에 금방 도착할 수 있었다. 공 영감은 덕무에게 그물을 쥐여 주었다. 그리고 자신은 끄트머리가 갈고리 모양으로 휘어진 장대기를 챙겼다. 둘은 섬의 반대쪽을 향해 서둘러 발걸음을 재촉했다.

*

"누나, 벌써 괜찮아진 거야? 많이 아픈 거 아니었어?"

영득이 물었다.

"아픈 거 맞아. 하지만 몸보다 마음이 더 아파. 너도 봤지? 우리 아부지가 꼭두각시처럼 공 영감님이 시키는 대로만 하는걸."

"응, 아부지가 하기 싫으면서도 짱아 어깨를 꽉 붙잡고 있었어. 공 영감님이 짱아를 채찍으로 때리는 동안 눈을 질끈 감고 쳐다보지도 못하면서 손을 놓지 않았어."

영득이 겁에 질려 회상했다.

덕무가 오리 바위로 돌아간 직후, 영실은 자리에 일어나 앉아 영득을 불러 마주 앉혔다.

"아부지는 더 이상 아부지가 하고 싶은 대로 하지 못하게 되었어. 이제는 아부지가 찔레와 짱아를 풀어 주고 싶어도 그럴 수 없게 되었어."

영실이 슬픈 목소리로 말했다.

"왜 그렇게 되었어?"

"공 영감님이랑 너무 오래 같이 있어서 그래. 그 할아버이가 아픈 나를 고쳐 줄 줄 알고, 그 할아버이 말이라면 꼭 들어야 한다고 여기는 것 같아."

"이제 어떡해?"

영득이 걱정스럽게 물었다.

"우리 손으로 찔레와 짱아를 집으로 돌려보내 주자."

영실이 답했다.

"우리 둘이서 어떻게 해? 인어 집이 어딘 줄도 모르잖아."

"바다로 데려다주자. 그 아이들이 온 곳으로 돌려보내 주자."

영실과 영득은 각각 다른 길을 택해 섬 아래로 향했다. 영실은 비탈길을 따라 오리 바위로 내려갔고, 영득은 뒷산 넘어 섬을 가로질러 오리 바위의 반대쪽 섬 가장자리로 향했다. 칠흑 같은 어둠 속에서 숲을 가로질러 가야 했기에 나뭇가지가 몸을 찌르고 할퀴어 댔지만, 찔레와 짱아를 구하려는 마음에 영득은 큰 용기를 내었다. 바위로 뒤덮인 섬 가장자리는 고요하고 적막했다. 큰 바위 뒤에 자리 잡은 영득은 최대한 깊고 크게 호흡하며 정신을 다잡았다. 기회는 단 한 번뿐이었다. 인어들이 내는 것과 똑같은 풀피리 소리가 나지 않으면, 공 영감과 아버지는 결코 속지 않을 것이었다. 영득은 짱아가 알려 주었던 기억을 되살렸다. 입술을 벌리고, 혀를 오므렸다. 그런 다음 벌린 입술에 손가락을 집어넣어 혀를 살짝 누른 후, 바람을 불어넣고 힘차게 불었다.

삘리리, 삘리리.

풀피리 소리가 섬 전체로 퍼져 나갔다.

소리를 쫓아 공 영감과 덕무의 뒷모습이 사라지자, 영실이 어둠 속에서 모습을 드러냈다. 짱아가 반가움에 눈을 반짝였다. 영실의 품에 안긴 찔레는 혼절했다. 얼굴은 백지장처럼 창백하고, 몸은 얼음처럼 차가웠다. 목숨이 삶의 끄트머리에 간신히 매달려 있는 듯, 찔레는 아슬아슬해 보였다.

영실이가 말했다.

"찔레야, 넌 이제 자유야. 조금만 더 기운내. 짱아와 함께 집으로 돌아가야지."

찔레를 안은 영실은 가쁜 숨을 몰아쉬며 주저 없이 구릉 아래로 내려갔다. 몇 걸음만 더 가면 바다였다. 찔레는 감긴 눈을 좀처럼 뜨지 못했다. 의식이 없었다. 찔레의 몸 상태가 심상치 않음을 느낀 영실이 멈춰 서서 먼저 찔레의 몸을 살폈다. 옆구리에서 팔라닥거려야 할 지느러미가 잘려 나가고 그 자리에서 피가 줄줄 흐르고 있었다.

"아아, 세상에 어쩌면 이럴 수가……."

영실은 찔레를 안고 바다로 들어갔다. 파도가 발목을 적셨다.

"찔레야, 정신 차려 봐. 바다야. 너희 집이야. 얼른 기운 차려 봐. 이제 그만 돌아가야지. 너희 집으로 돌아가야지."

영실이 울먹였다.

짱아가 바다로 뛰어들었다. 옆구리의 지느러미가 날개처럼 팔락거렸다. 물장구질 한 번에 바다 속으로 사라지는가 싶더니 다시 수면 위로 떠오른 짱아가 영실과 찔레의 주변을 뱅글뱅글 맴돌았다.

"찔레야, 눈떠 봐. 바다 냄새를 맡아 봐. 바다 소리를 들어 봐."

바다로 들어간 영실은 미끄러운 바위를 딛고 겨우 섰다. 파도가 가슴께에서 넘실댔다. 구불구불 물결을 이루며 다가온 바닷물이 영실의 품에 안긴 찔레의 얼굴을 부드럽게 쓰다듬었다. 바다의 어루만짐에 찔레가 가늘게 눈을 떴다.

짱아가 수면 위로 솟구쳐올라 공중제비를 돌았다. 허공으로 도약했다가 공중제비를 돌고 수면 위로 떨어지니, 주름진 바다에 하얀 포말이 우수수 흩어졌다. 수면 위로 머리를 내민 짱아가 찔레를 바라보며 삘리리 울었다. "누나, 어서 집으로 가자."라고 말하는 것만 같았다.

찔레는 손을 내밀어 바닷물을 움켜쥐었다. 포근히 어루만지는 물의 감촉을 느끼며 양다리를 천천히 움직였다. 물이 방울지며 찰랑거렸다. 영실은 팔에 힘을 풀고 짱아가 기다리는 쪽으로 찔레의 몸을 조심스레 밀어 주었다. 찔레는 물장구를 치고 앞으로 나가는가 싶더니 이내 물 밑으로 가라앉기 시작했다. 헤엄칠 때 날개처럼 뻗어 나와야 할 지느러미가 잘려 나갔기 때문이었다.

영실이 가라앉는 찔레를 황급히 건져 내어 다시 품에 안았다. 찔레의 가는 팔이 영실의 목에 감겼다. 찔레를 건지려 물속으로 더 걸어 들어온 터라 바닷물은 이제 영실의 목 언저리까지 차올랐다. 영실은 양발로 물속 바위 맨 끄트머리를 딛고 섰다. 한 발자국만 더 밀려 나가면 발이 닿지 않는 깊은 바다였다. 발끝으로 간신히 서서 더 이상 밀려가지 않으려 필사적으로 버텼다. 넘실거리는 파도 너머로 죽음이 다가오는 듯했다. 찔레를 꼭 끌어안은 채 어찌할 바를 모르던 영실이 끝내 흐느껴 울기 시작했다.

"하느님, 보고 있다면 도와주세요. 보고만 있지 말고 도와주세요. 어머이, 하느님한테 도와달라고 말해 주세요. 제발."

영실의 기도는 밤하늘까지 올라가지 못한 채 파도 소리에 묻혔다.

동트기 전이 가장 어두웠다. 밤새 바다를 비추던 별도 달도 구름 속으로 자취를 감췄다. 칠흑 같은 어둠이 섬을 덮었다. 풀피리 소리를 따라 섬의 반대쪽으로 이동하던 공 영감과 덕무는 모퉁이를 앞에 두고 둘로 갈라졌다.

"나는 전방에서 밀어붙일 테니, 박 씨 자네는 녀석이 뒤로 도망가지 못하게 반대쪽을 맡게."

공 영감은 섬 가장자리를 따라 직선으로 전진했고, 덕무는 사과를 베어 물 듯 가장자리에서 안쪽으로 들어가 숲을 통과해 반원을 그리며 접근했다. 정면과 후면에서 동시에 몰아붙여서 어미 인어가 미처 바다로 도망갈 여유를 주지 않을 요량이었다. 풀피리 소리가 지척에서 들려왔다. 섬의 모퉁이를 차지하고 있는 전방의 큰 바위만 지나 꺾으면 그곳에 어미 인어가 있을지도 모를 일이었다.

공 영감은 극도의 흥분 상태였다. 늑대처럼 벌겋게 충혈된 두 눈에는 핏발이 섰고, 수은 색으로 변한 얼굴은 짙은 홍조가 겹쳐 검자주색처럼 보였다.

흥분하기는 덕무도 마찬가지였다. 딸의 목숨을 살리기 위한 그의 절절한 부성을 하늘이 보았다면, 찔레를 잡아 달이고 싶은 유혹을 그간 견디며 참아 온 인내를 하늘이 안다면, 하늘이 진짜 있다면, 저 바위 뒤에서 지저귀는 것은 틀림없이 어미 인어일 것이다. 숲을 가로질러 모퉁이를 돈 덕무의 눈앞에 섬 가장자리에 위치한 큰 바위가 보였다. 그리고 큰 바위 뒤에 움찔거리는 누군가의 그림자가 보였다. 덕무는 생각할 겨를도 없이 숲을 뛰쳐나가 한달음에 내달리며 손에 들고 있던 그물을 던졌다.

촥.

그물이 허공에서 넓게 퍼지며 그림자를 향해 날아갔다. 낌새를 눈치챈 그림자가 재빨리 몸을 피하려다가 그만 발을 헛딛으며 넘어졌다.

"잡았다!"

덕무가 짧게 외쳤다.

"악!"

그림자가 비명을 질렀다. 얼른 다가가 보니 그물에 잡힌 것은 어미 인어가 아니라 영득이었다.

"영득아!"

단말마 같은 탄식이 덕무의 입에서 절로 새어 나왔다.

"아! 내 발……. 아부지, 발이 돌아갔어요."

영득이 그물 안에서 발목을 붙잡고 데굴데굴 구르며 울부짖었다.

"맙소사."

덕무가 달려와 영득의 발을 살폈다. 다행히 부러지지는 않고 발목을 접질린 것 같았다.

"풀피리 소리를 낸 것이 너란 말이냐?"

덕무가 터무니없는 상황에 넋이 나간 듯 물었다.

"짱아가 알려 줬어요. 풀피리 소리 내는 법을요."

"왜 그랬냐, 영득아. 네 아픈 누이 돌보라고 했더니 어쩌고 여기 왔냐? 왜 풀피리 소리를 내어 이 아비를 속였어?"

덕무의 허탈함은 이내 분노로 바뀌었다.

"누나는 찔레에게 갔어요."

영득이 덕무를 똑바로 쳐다보지 못하고 기어들어 가는 목소리로 답했다.

곧 긴 창을 든 공 영감이 큰 바위를 돌아 나왔다. 이내 상황을 파악한 듯, 그는 코웃음 치며 말했다.

"어린것들이 발칙하구먼. 술래잡기라도 하자는 건가? 둘이 짜고 인어 새끼들을 빼돌리려는 거였어? 가만있자. 둘이 아니라 아비까지 셋이 짠 건가?"

"그게 무슨 말이오?"

덕무가 항변하자, 공 영감이 사납게 받아쳤다.

"쌰! 인어 새끼가 말라비틀어져 죽을 때까지 잡을 생각이 없는 걸 보고 눈치챘어야 하는 건데. 박 씨 자네는 당최 딸년을 살릴 마음이 있기는 했나? 아니면 그냥 장난삼아 놀아 본 건가?"

덕무는 이제까지 공 영감이라는 한 인간에게서 묻어나던 불쾌감을 일면 납득할 수 있으리라 여겼다. 외롭게 살다가 노년에 불구가 된 질곡의 삶이 얼마나 고단했을지, 평생 외톨이로 가족도 없이 홀로 살아온 삶이 얼마나 외로웠을지, 사랑받거나 사랑할 사람 없이 살아 온 그 삶이 얼마나 적막했을지 어느 정도 공감할 수 있으리라 생각했기 때문이었다. 그러나 지금 공 영감의 표정과 말투에서 느껴지는 것은 단순한 불편함이나 불쾌감이 아니었다. 이질감이었다. 사람이 아닌 다른 무언가가 말하는 듯, 표독함과 악랄함으로 가득 찬 공 영감의 얼굴은 이미 사람의 것이 아니었다. 사람은 사라지고 욕망과 폭력, 살기만 남아 있었다. 인격과 예의는 차치하더라도 인간의 성품과 본성까지 벗어던지게 만든 그것, 오로지 목적을 위해 무자비하게 폭주하는 날것의 감정이 공 영감을 지배하는 듯했다. 덕무는 긴장과 불안을 목구멍으로 넘기며 항변했다.

"영감님, 장난삼아 놀다뇨? 딸이 죽을병에 걸려 아픈데 장난삼아 놀 아비가 어디 있소?"

"그 아픈 딸년이 내 인어를 도둑질해 가려 하지 않나?"

공 영감의 말은 갈수록 독해졌다.

"영득아, 일어날 수 있냐?"

그물 속에 주저앉은 영득에게 덕무가 물었다. 영득이 고개를 끄덕이며 한 발로 엉거주춤 일어섰다.

"네 누이가 찔레를 어쩐다고 했냐?"

덕무가 엄하게 물었다.

"우리 손으로 집에 보내 줘야 한다고 했어요."

겁에 질린 영득이 울먹이며 답했다.

덕무가 공 영감을 돌아보며 말했다.

"시비가 있다면 나중에 가립시다. 시간이 없소. 일단 오리 바위

쪽으로 빨리 돌아갑시다. 만에 하나 영실이가 인어를 바다에 놓아준다면 영영 찾을 수 없게 될 것 아니오?"

서두르는 덕무에 비해 공 영감은 의외로 느긋했다.

"덤빌 것 없네. 바다로는 못 도망가니까."

공 영감이 품에서 무언가를 꺼내어 덕무에게 보여 주었다.

"제아무리 인어라도 이게 없으면 헤엄을 칠 수 없거든."

공 영감의 손에 들린 건 잘려 나간 찔레의 지느러미였다. 그 무자비함에 질린 덕무가 공 영감을 노려보며 말했다.

"영감님, 이렇게까지 잔인할 필요가 있소?"

"유비무환. 도둑이 있을 줄 알고 미리 대비한 것뿐이네."

공 영감이 답했다.

먼동이 터 오기 시작했다. 동녘의 새벽빛이 섬을 비췄다. 어둠에 묻혔던 갯바위들이 아침 햇살에 반짝거렸다.

영득을 업은 덕무와 공 영감이 오리 바위로 돌아왔을 때 영실은 덕무의 배를 타고 떠난 뒤였다. 아연실색할 일이었다. 멀리 수평선으로 사라져 가는 배를 보면서도 믿기지 않는지 공 영감은 두 눈을 비벼 가며 보고 또 보았다. 덕무 역시 눈에 보이는 광경을 믿을 수 없었다. 영실이 배를 취해 홀로 바다로 나가다니. 장난삼아 키를 맡긴 적은 있지만 어깨너머 배운 기억일 뿐일 텐데…….

영실이 가려는 곳이 제발 그곳만은 아니기를 바라며 덕무는 간절한 눈빛으로 영득을 바라보았다. 영득이 울먹이며 말했다.

"누나가 찔레를 집에 데려다줄 거라고 했어요."

"집이라니? 설마……."

덕무의 표정이 굳어졌다.

"그 말밖에 안 했어요. 집에 도로 데려다준다고."

"제기랄, 흑암도로 가는군. 어린년이 겁도 없이!"

공 영감의 말이 덕무의 마음을 날카롭게 찔렀다.

"바닷길을 모를 텐데, 어찌……."

덕무는 도저히 믿을 수 없었다.

"인어 새끼들이 알려 주겠지. 그 요망한 것들이. 뭐 하나? 자네 딸년이 뒤엎은 밥상이니 자네가 주워 담아야지. 도둑맞은 내 인어 되찾아야 하니 어서 가세."

가물가물하던 배가 수평선 너머로 사라지자 덕무는 결심한 듯 영득을 향해 마주 섰다.

"아비가 가서 누나를 데려오마. 영득아, 집으로 올라가 기다려라. 만약에 사흘이 지났는데 아비도 누이도 돌아오지 않거든 언덕 위 봉화에 연기를 피워라. 그러면 지나가는 배가 올 것이다. 그 배를 타고 통천으로 나가 지난번 일러 준 네 고모 댁으로 가거라."

덕무의 이야기를 듣던 영득은 이 모든 상황이 두려워 눈물을 글썽거렸다.

오리 바위에 묶었던 밧줄을 풀자 배가 움직이기 시작했다. 덕무가 키를 잡았다. 돛대가 하나뿐인 덕무의 야거리에 비해, 공 영감의 배는 쌍돛대였다. 바람만 잘 받으면 영실이 흑암도에 도착하기 전에 따라잡을 수 있을지도 모를 일이었다. 섬에 혼자 남은 영득은 멀어지는 배를 보며 소리쳤다.

"아부지, 미안해요. 꼭 돌아와요. 누나 데리고 꼭 살아 돌아와요. 언덕에서 기다릴게요."

덕무와 공 영감을 태운 배가 수평선을 향해 빠르게 나아갔다.

*

마을 사람들은 자리를 뜰 생각이 없었다. 가마솥 앞에 줄지어 앉아 뚜껑이 열리기를 기다렸다. 정작 조 씨는 마을 사람들이 지켜보는 한 가마솥 뚜껑을 열 생각이 없었다. 만에 하나 사람들이 질서를 잃고 달려들기라도 하면 큰일이었다. 어렵게 얻은 인어 기름을 엉뚱한 사람들 입에 넣어 줄 생각은 없었다. 조바심이 난 조 씨가 특유의 걸걸한 목소리에 무게를 실어 소리쳤다.

"다들 집으로 들어들 가. 무슨 구경났다고 엉덩이들 붙이고 가마솥 앞에 줄지어 앉아 있는 거야?"

"왜 들어가라는 거요? 우리 들여보내고 나서 혼자 인어 기름을 독차지하려는 꿍꿍이 아니오?"

군중 속에서 젊은 청년 하나가 도발적으로 소리 질렀다. 목소리에서 옹골차고 만만치 않은 반발심이 느껴졌다. 지금은 한 명이지만 순식간에 다수로 불어날 수도 있었다. 위기감을 느낀 조 씨의 언성이 더욱 크고 거칠어졌다.

"꿍꿍이라니? 말 똑바로 해. 나 인어 잡느라 외아들 잡을 뻔했어. 내 아들 석이, 동굴 입구 찾으러 나섰다가 절벽에서 떨어져서 지금도 목 아래로 마비가 되어 집에 누워 있어. 손가락, 발가락 한 개도 못 움직이고 누워 있다구. 말이야 바른말로 인어는 내가 잡았으니 내 것이지. 내 것이니 내 마음대로 처분하는 게 당연하고. 그러니 관심들 접고 관계없는 사람들은 일찌감치 들어가라, 이 말이야!"

마을 사람들이 웅성거리기 시작했다. 조 씨는 솥단지를 가리키며 '내가 잡은 인어'임을 반복해서 강조했다. 그것이 인어 사냥을 함께 했던 배 씨와 심 씨의 심경을 건드렸다.

"거 말끝마다 내가, 내가 하는데, 왜 굳이 내가 잡았다고 강조하쇼? 우리가 힘을 합쳐 잡은 거지."

배 씨가 못마땅한 목소리로 말했다.

"맞아, 입은 비뚤어졌어도 말은 바로 해야지. 여기 우리가 함께 잡은 인어는 있어도 내가 혼자 잡은 인어는 없지. 배 씨랑 나랑 양쪽 끄트머리 맞잡고 그물을 던져서 새끼 인어를 잡았잖아? 그랬으니까 어미 인어도 잡을 수 있었던 거고."

종아리에 상처를 입은 심 씨도 거들었다.

"아비를 갈고리로 낚아서 물 밖으로 끌어낸 것도 나라구. 뭘 자꾸 자기가 잡은 인어래? 누가 들으면 혼자 그물 들고 가서 잡아 온 줄 알겠구먼."

배 씨의 거침없는 맞장구에 조 씨가 미간을 찌푸렸다. 험상궂던 인상이 더 험악해졌다.

"이것들이 쌍으로 미쳤나? 배곯는 것들 배에 태워 주고, 일 없는 것들 바다로 데리고 다니면서 일 가르쳐 주고, 평생 먹고살게 해 줬더니, 이제 와서 뭐? 니들이 잡았다고? 잊었냐? 내가 니들을 끼워 준 거지. 내가 니들을 거기까지 데리고 가서, 부상 입은 것들 업어서 데리고 왔더니 개 짖듯 헛소리를 지껄이는구나!"

화가 올라 얼굴이 벌겋게 달아오른 조 씨가 큰 소리로 욕을 퍼부었다. 배 씨와 심 씨의 기선을 제압할 심산이었다.

"무얼 그쪽이 우리를 데리고 가? 공랑이가 우리 모두를 데리고 간 거지. 공랑이가 안 데리고 갔으면 그쪽이 어찌 알고 우리를 거기까지 데리고 갔겠어? 긴말할 것 없고! 인어는 우리가 같이 잡았으니 우리 몫을 제대로 받아야겠네."

배 씨와 심 씨는 쉽게 물러서지 않았다. 오히려 작정하고 덤볐다. 여기서 밀렸다간 인어 기름을 양껏 얻을 수 없을지 모른다는 위기감이 이들을 더욱 사납게 만들었다.

"니들 몫이 어디 있다고 제대로 받아 가? 니들 몫이 뭔지 알아? 내가 주고 싶은 만큼 던져 주는 게 니들 몫이야."

"아니, 그쪽이랑 똑같이 나누는 게 우리 몫이야. 당장 솥뚜껑을 열고, 똑같이 나눠."

말을 마친 배 씨와 심 씨가 가마솥 쪽으로 다가서자, 조 씨가 인어를 토막 칠 때 사용했던 칼을 집어 들었다. 주춤 멈춰 선 배 씨가 허리춤에서 손도끼를 뽑아 들었다. 심 씨는 땅바닥에 놓인 긴 장작을 집어 들었다. 더 이상 평생 조 씨 밑에서 굽신거리던 배 씨와 심 씨가 아니었다. 인어 기름 앞에서 이들은 다른 사람으로 변했다. 솥단지를 사이에 두고 양측은 팽팽하게 대치했다. 심상치 않게 흐르는 분위기에 내심 당황한 조 씨가 우악스럽게 소리 질렀다.

"이놈들 봐라, 쌍으로 덤비겠다? 이것들이 정녕 미쳤구나!"

"아니, 미친 건 우리가 아니라 그쪽이지. 인어 한 마리를 통째로 혼자 먹으려 하다니 말이야. 배 한 척 가지고 평생을 빼기며 살더니, 지가 무슨 왕이라도 된 줄 아나? 여러분, 내 말이 틀렸소?"

"맞소, 틀린 말 없소."

"옳은 말이구말구."

배 씨의 선동에 마을 젊은이 서넛이 동조하며 배 씨와 심 씨 옆에 가서 섰다.

조 씨 혼자 두 명을 상대하기도 버거운데 젊은이들까지 가세했으니, 판은 배 씨와 심 씨 쪽으로 기우는 듯했다. 그러나 조 씨 역시 만만치 않았다. 산전수전 다 겪은 그였다.

"배가야, 심가야, 지금 부로 너희 몫은 없다. 알겠냐? 배은망덕한 너희 두 놈한테는 기름 한 방울도 줄 수 없다고. 대신! 지금 내 편이 되어 나를 돕는 자에게 배가, 심가의 몫까지 나눠 주겠다."

기름을 나눠 주겠다는 조 씨의 한마디에 판이 순식간에 뒤집혔다. 구경하던 사람들이 우르르 일어나 조 씨 곁에 선 것이다. 마을이 생긴 이후 서로가 서로를 이리도 사납게 대한 적이 있었던가? 죽이겠다고 눈을 부라리고 흉기를 든 적이 있었던가? 부대끼고 다투더라도 굶으면 함께 굶고, 추우면 함께 추웠다. 물고기 한 마리라도 잡으면 같이 나눠 먹었다. 그랬던 한 마을 사람들이 순식간에 편을 나눠 싸우다니, 실로 보기 민망한 국면이 아닐 수 없었다.

강 대 강으로 대치한 두 무리 사이로 마을의 원로인 허 씨 할아버지가 나섰다.

"다들 정신들 차려! 추하게 왜들 이러나? 우리 마을에서 언제 이렇게 패가 나뉘어 싸움을 했느냐는 말이야! 다들 인어한테 홀린 건가? 앞뒤를 따지고 순리와 도리를 따져서 차근차근 생각하고 행동해야지. 이 마을이 누구 건가? 조가 거야? 아니면 심가, 배가 건가? 아니, 우리 마을 사람 모두의 것이네. 마을이 없었고, 우리가 바닷가에 모여 살지 않았다면, 조가든, 배가든, 그 누구든, 부모도, 그 부모의 부모도 살아남지 못했어. 화적한테 잡혀가든, 맹수한테 물려 죽든, 굶어 죽든, 얼어 죽든! 혼자서는 절대로 무사히 살아남지 못했을 거란 말일세. 우리가 마을을 이루고 한데 모여서 산 덕분에 모두 무사히 살아 있는 거라고. 그런가, 안 그런가?"

허 씨 할아버지의 열변에 곰과 호랑이처럼 대치하던 양측의 기세가 조금 누그러지는 듯했다.

"그러니까! 우리 마을에 속한 동굴에서 잡은 인어는 당연히 누구 한 사람의 것이 아니야. 모두 공평하게 나눠 먹어야지. 안 그런가? 다 함께 저 솥단지를 열고, 다 한 입씩 나눠 먹는 것이……."

허 씨 할아버지의 궤변 같은 결론에 양측 모두 강하게 반발했다.

"숲 넘어 바닷가 절벽에 있는 동굴이 어떻게 우리 마을의 동굴이요? 언제부터 우리 마을이 그리 넓었소? 무슨 말도 안 되는 개똥 같은 소리요? 내가 동굴 속 호수에 목숨 걸고 가서 인어 새끼를 먼저 잡아 온 덕분에 어미도 잡은 게지."

조 씨가 허 씨 할아버지의 말을 튕겨내자, 허 씨 할아버지가 반격했다.

"옳거니. 동굴 속 호수, 거긴 누가 데려다줬나? 공랑이가 데려다줬지? 공랑이는 우리 마을 사람이지? 근데 공랑인 애당초부터 지가 본 것이 문어인지 인어인지 알았나? 아니, 몰랐어. 근데 그게 영물이라고 누가 가르쳐 줬나? 점쟁이 서 씨 노파가 알려 줬지. 그 노파도 우리 마을 사람이지? 이제 감이 오나? 이치가 들리고 도리가 보여? 저 가마솥 안에 인어가 삶아지고 있는 건, 우리 마을 사람들 모두 정성과 지혜를 합쳤기 때문이라네."

청산유수처럼 이어지는 허 씨 할아버지의 억설은 화해가 아닌 충돌을 부채질했다.

공랑이 마을로 돌아왔을 때는 가마솥을 가운데 두고 마을 사람들이 세 패로 갈라져 대치하고 있었다. 조 씨와 조 씨의 편에 선 사람들, 배 씨와 심 씨 그리고 그 무리, 허 씨 할아버지를 따르는 마을 사람들. 어느 편에도 속하지 않는 사람들은 어느 편에 서야 인어 기름을 얻을 수 있을지 가늠하며 우왕좌왕했다. 몇몇은 마음을 정하지 못하고 편을 옮겨 다녔다. 연기가 모락모락 나는 솥단지를 앞에 두고, 마을 사람들은 고구려, 백제, 신라 삼국처럼 대치했다. 한달음에 달려온 공랑이 소리쳤다.

"새 떼가 몰려와요! 모두 하늘을 봐요!"

새 떼가 모습을 드러내기 전 소리가 먼저 들려왔다. 파다닥 하고 들리던 새 날갯짓 소리가 아니었다. 땅이 흔들리는 듯, 산이 갈라지는 듯 묵직한 소리가 들이쳤다. 소리에 크기가 있다면 태산처럼 컸고, 무게가 있다면 바위보다 무거웠다. 웅웅대며 지축을 흔드는 소리만으로도 듣는 사람들의 가슴이 내려앉았고, 공포가 엄습했다. 소리가 하늘을 가득 채우자 어마어마한 규모의 새 떼가 몰려왔다. 하늘을 덮은 새 떼가 해를 가려 낮이 밤으로 변했다. 순식간에 마을 하늘을 지난 새 떼는 태백산맥 너머 내륙으로 날아갔다. 새들이 지나간 자리를 바다로부터 몰려온 먹구름이 채웠다. 컴컴하게 어두워진 하늘에서 장대비가 쏟아졌다.

"해일이 몰려온다. 거대한 파도가 몰려온다. 높은 곳으로, 모두 산으로 피해야 해!"

누군가의 절박한 외침 이후, 더 이상 다른 누구의 목소리도 들리지 않았다. 모두가 살기 위해 뛰었다. 집으로, 산으로, 혹은 어디로 가는지도 모르면서 혼비백산하여 뛰었다. 조 씨와 심 씨, 배 씨는 누가 뭐랄 틈도 없이 가마솥으로 향했다. 조 씨가 칼등으로 배 씨의 턱을 돌렸다. 배 씨가 쓰러졌다. 심 씨는 굵은 장작으로 조 씨의 등짝을 내리쳤다. 비를 맞은 가마솥에서는 하얀 연기가 모락모락 피어났다. 조 씨가 쓰러지자, 심 씨는 조 씨를 밟고 넘어 가마솥에 이르러 뚜껑을 잡았다. 방금 전까지 팔팔 끓었던 뚜껑은 무척 뜨거웠고, 맨손으로 뚜껑을 잡은 심 씨의 손이 순식간에 타들어 갔다.

"으아악! 뜨거워!"

소리 지르며 펄쩍 뛰는 심 씨의 다리를 땅바닥에 엎어진 조 씨가 기어와 붙잡았다. 조 씨의 칼이 심 씨의 허벅지에 박혔다. 고통에 몸부림치는 심 씨의 바짓단 아래로 그의 종아리가 드러났다. 희끄무레한 살에 은색 비늘이 촘촘히 박혀 있었다.

"이거 왜 이래. 심가야, 니 살이 물고기처럼 변하고……."

그 순간, 후두두둑 나무가 흔들리고, 숲이 움직였다. 조 씨가 올려다보니 숲 위로 태산처럼 솟아오른 바다가 보였다. 산더미처럼 거대한 물 더미였다. 조 씨는 가마솥을 버려둔 채 산을 향해 뛰었다. 눈앞에 혼비백산해서 산을 오르는 마을 사람들이 보였다.

텅 빈 마을 공터 우물가에 소년 공랑 홀로 남았다. 쉴 새 없이 퍼붓는 소나기에 장작불은 이미 꺼졌고, 가마솥 쇠뚜껑 위로 빗방울이 요란하게 부딪히고 있었다. 공랑이 쇠뚜껑을 열자 솥 안에 갇혀 있던 유증기가 허공으로 흩어졌다. 가마솥 안을 들여다보니, 삶아진 살코기 위로 누런 기름이 둥둥 떠 있었다. 소년은 기름 한 사발을 퍼내어 코로 가져갔다. 누릿하고 역한 냄새가 코를 찔렀다. 공랑은 솥단지에서 퍼낸 인어 기름 한 사발을 후후 불어 가며 마셨다.

여러 명이 떼창을 하듯, 동시에 비명이 터져 나왔다. 공랑이 고개를 들어 보니 산마루로 올라가던 마을 사람들이 장승처럼 서서 넋이 나간 얼굴로 맞은편 하늘을 바라보고 있었다. 산만큼 높이 솟은 거대한 해일이 마을을 굽어 내려다보고 있었다. 하늘에 닿을 듯 솟아오른 물 더미는 오름을 멈추고 쏟아져 내리기 직전이었다. 사람들은 산으로, 나무 위로 피하려 했으나 소용없는 짓이었다. 대자연의 화난 얼굴은 통렬하고 준엄했다. 눈앞으로 쏟아지는 물 더미를 바라보며 공랑은 솥단지에서 퍼낸 인어 기름을 두 사발, 세 사발, 연신 마셔 댔다. 물이 온 마을을 덮었다. 자연이 보낸 단 한 번의 손짓에 장구한 세월을 살아 온 마을이 영원히 사라졌다.

7장

칼끝을 피해 달아나다

햇빛을 머금은 바다는 보석처럼 빛났다. 반짝이는 물결과 물결 사이로 작은 고깃배가 빠르게 미끄러져 나아갔다. 돛대 하나에 천으로 만든 사각 돛을 매어 단 덕무의 고기잡이배였다. 선미에 선 영실이 방향키를 잡고 있었다. 옆에 웅그러지듯 주저앉은 찔레는 두 눈을 감은 채였다. 배 앞머리 너머로 앞서가며 길을 인도하는 그림자가 보였다. 다랑어처럼 빠르게 헤엄치며 거침없이 전진하는 바다 속 그림자는 다름 아닌 짱아였다. 영실은 짱아를 쫓아 키를 틀어 배의 방향을 조정했다. 고개를 꺾은 채 쥐 죽은 듯 주저앉은 찔레에게 영실이 말을 건넸다.

"찔레야, 조금만 기운을 내. 집으로 데려다줄게. 너희 집으로."

집에 데려다주는 것, 그것이 영실이 할 수 있는 최선이었다.

자유의 몸이 된 짱아의 귀소본능 덕분에 바닷길을 되짚어 가는 짱아 뒤를 따라만 가면 되었다. 다만 흑암도의 그 무시무시한 암초 밭을 무사히 지날 수 있을지, 일 년 내내 드리운 안개를 뚫고 섬 안의 동굴까지 들어갈 수 있을지 알 수 없었다. 영실은 지금 이 순간, 자신이 할 수 있는 최선을 다할 뿐이었다. 그다음은 생각할 겨를이 없었다. 아니, 생각하고 싶지 않았다. 다만 아버지의 얼굴이 떠오르는 건 어쩔 수 없었다. 지금쯤 세상이 무너진 것처럼 허망해할 아버지의 검고 마른 얼굴이 떠오르자 미안함이 솟구쳤다. 복받치는 울음을 달래며 영실은 마음속으로 아버지에게 편지를 써 내려갔다.

'아부지, 돌이키면 너무 아파 애써 돌이키지 않았어요. 어머이가 떠나던 그날 말이에요. 잣죽을 끓여 달라고 졸라 어머이와 뒷동산에 올랐어요. 어머이가 잣나무 아래에서 고개를 수그리더니, 허리를 굽히고, 무릎을 꺾고, 땅바닥에 엎드렸어요. 쓰러진 모습이 꿈처럼, 농담처럼 느껴졌어요. 어머이는 숨 한번 제대로 쉬고 싶어 공중에 떠가는 공기라도 잡을 양, 허공에다 양팔을 허우적거렸지만 그러는 동안에도 내내 잣 열매를 손에 꼭 쥐고 있었어요. 숨이 넘어가기 직전에 나를 보았는데, 어머이의 눈은 괴로워하면서도 나에게 이렇게 말하고 있었어요. 무슨 일이 있어도 꼭 행복하라고. 어머이가 없어도 행복하게 살라고. 어머이의 눈이 나에게 간절히 말하고 있었어요.

아부지, 불쌍한 우리 아부지. 난 자꾸 잊어버렸어요. 나는 어머이를 잃었지만, 아부지는 아내를 잃었다는 걸요. 내 슬픔만 헤아리느라 아부지 아픔은 헤아리지 못했어요. 아부지, 외딴섬에서 우리 한 식구 살다가 어머이가 작별 인사도 없이 갔을 때 얼마나 많이 아프고 허전했어요? 바다에서 돌아와 어머이의 식은 몸을 추스르고 묻어 주며 많은 눈물을 삼켰지요. 어린 우리를 키우느라 얼마나 고생이 많았어요. 내가 아파 쓰러져 숨 못 쉴 때마다 찢어진 아부지 가슴이 지금은 더 찢어졌겠지요. 이미 깨진 마음이 산산조각 부스러기가 되었겠지요. 아부지, 나까지 없어지면 어찌 살래요? 병든 나를 지게에 지고 평양까지 걸어가 살리겠다고 밤새 지도를 보며 궁리하더니, 위험천만한 흑암도에 목숨 걸고 들어가, 옛날이야기에나 나올 법한 인어를 정말 잡아 왔지요. 아부지는 나를 살리기 위해 사람이 할 수 없는 일들을 했어요. 내가 뭐라고 이리도 사랑을 베풀어 주는지 고마워요. 정말 감사해요.

그렇지만 아부지, 아무리 그래도 나 살자고 찔레를 먹을 수는 없어요. 찔레를 먹고서 살고 싶지 않아요. 비록 찔레는 사람은 아닐지언정 이치를 모르고, 도리가 없고, 판단을 못 하는 짐승이 아니에요. 나와는 다를지언정 나만큼 귀하고 소중한 생명이에요.

아부지, 나도 살고 싶어요. 아부지랑 영득이랑 서로 보듬어 주며 살고 싶어요. 생명을 느끼며, 귀하게 여기며 말이에요. 그게 사는 것 아니겠어요? 사람답게 살지 못하면서 숨만 쉬는 건 원하지 않아요. 그건 사는 게 아니라 그냥 있는 거니까요. 죽은 나무가 서 있다고 살아 있는 것이 아니듯, 사람이 세월만 보낸다고 사는 게 아니잖아요. 단 하루라도 사람답게 살고 싶어요. 그래서 찔레를 집으로 돌려보내려고 해요.

흑암도에 무사히 도착할지 잘 모르겠어요. 그간 난파된 수많은 배들처럼 바위에 부딪혀 산산이 부서질 수도 있겠지요. 안개 때문에 길을 잃어 표류할 수도 있겠지요. 어쩌다 운이 좋아 흑암도에 들어간다 해도 갑자기 숨이 가빠 와 그곳에서 쓰러질지도 몰라요. 하늘이 도와 숨이 가쁘지 않고 버틴다 한들 찔레가 버티지 못하고 숨을 거둘 수도 있겠지요. 찔레를 호수까지 데려다준다 한들, 죽어 가는 찔레가 갑자기 살아나지는 않을 거예요. 나도 알아요. 할 수 없는 일을 하러 나섰다는 걸요. 그런데 아부지, 일생에 한 번, 단 한 번이라도 옳은 일이라고 믿는 걸 목숨 걸고 해 보고 싶어요. 그렇게 하는 것이 사는 것이라는 확신이 들거든요. 파도가 높아지네요. 이 파도를 매일 넘으며 나와 영득이를 위해 물고기를 잡아 오느라, 우리 아부지 정말 수고가 많았어요. 참말 감사했어요. 아부지의 마음이 편해질 수 있기를, 고단한 그 마음에 휴식이 있기를, 아부지가 행복하기를 빌게요.'

보내지 못할 편지를 마음으로 써 내려간 영실의 눈물이 바람을 타고 바다로 흩어졌다. 찔레의 가는 숨소리가 점점 희미해져 갔다. 찔레의 가슴께에 손을 댔다. 심장이 미세하게 뛰고 있었다. 먼발치 바다 한가운데 거뭇거뭇 솟아 있는 바위 더미들이 눈에 들어왔다. 흑암도였다. 들은 바대로 흑암도는 바다를 땅 삼아 삐죽삐죽 솟아 있는 암초들의 밭이었다. 지금부터는 언제 배가 부서진다 해도 이상할 일 없는 위험천만한 구간이었다. 앞서 헤엄치며 배를 인도하는 짱아 옆으로 돌고래 떼가 따라붙었다. 양옆에서 짱아를 호위하듯 함께 물살을 가르며 전진했다. 짱아는 섬에 가까워질수록 더욱 거침없이 속력을 냈다. 집에 돌아오는 길을 즐기는 게 분명했다. 돌고래와 경쟁하듯 수중에서 공중으로 솟구쳐 도약했다가 잠수하기를 반복하며 재주를 넘었다. 그들 위로 갈매기 떼가 따라오며 목청껏 소리를 질러 주었다. 배가 흑암도 바로 앞까지 접근했다. 영실이 할 수 있는 일이라곤 키를 단단히 붙잡고 짱아가 가는 방향대로 따라가는 것뿐이었다. 안개 천지라던 흑암도 주변은 너무나 맑고 청명했다. 굳게 닫힌 성벽처럼 암초들이 촘촘히 가로막고 있었으나, 앞서가는 짱아만 따라가니 배는 부드럽게 바위 사이를 통과했다. 바위마다 강치 떼가 쉬고 있었다. 도둑에게는 위험천만하게, 주인에게는 안락하게, 흑암도는 대상에 따라 표정을 바꾸었다.

암초 밭을 통과하자 바다 위 동굴의 입구가 나타났다. 거기서부터는 배가 저절로 움직였다. 잔잔한 물결이 배를 동굴 속으로 밀어 넣었다. 좁고 긴 동굴이 한동안 이어지더니 마침내 눈앞에 동굴의 출구가 보였다. 옥빛 찬란한 그곳은 동굴 속 호수, 찔레와 짱아의 집이었다. 결국 여기까지 왔다. 도저히 할 수 없으리라 여겼던 일을 해내고야 말았다.

"여기가 찔레 너의 집이었구나. 정말 너희 집으로 돌아왔구나."

눈부시게 찬연한 호수를 바라보며 영실이 찔레에게 말을 건네는 순간, 아슬아슬하게 버티던 찔레의 고개가 힘없이 툭 떨어졌다. 찔레는 죽은 듯 말이 없었다. 가슴에 손을 얹으니 심장이 뛰지 않았다.

공 영감의 배도 흑암도의 암초 밭을 탈 없이 통과했다. 덕무가 키를 잡았기에 가능한 일이었다. 배가 동굴 입구에 다다르자 덕무가 돛을 접으며 말했다.

"지금부터는 돛도, 노도 필요 없소. 물결이 알아서 배를 움직여 줄 거요. 저 동굴이 끝나는 곳에 호수가 있소. 거기가 바로 인어를 잡은 곳이오."

그러자 공 영감은 잡화가 가득한 갑판에서 물건들을 헤집으며 무언가를 찾기 시작했다.

"그렇군. 그동안 이런 곳에 꽁꽁 숨어 있었으니 당연히 찾을 수가 없었지. 자…… 사냥 도구만 챙기는 대로 사냥을 나가 봄세. 도둑맞은 내 인어 찾으러 가 봄세."

공 영감은 그새 즐거운지 콧노래까지 흥얼거렸다.

"영감님, 말은 바로 합시다."

그 모습을 본 덕무가 퉁명스럽게 말했다.

"인어는 내 딸에게 주려고 내가 잡았소."

물건을 찾던 공 영감은 덕무에게 눈길조차 주지 않은 채 말했다.

"내가 잡은 인어라……. 어디선가 들어 본 소리군. 예전에도 그런 말을 운운하던 자가 있었지. 내 하나만 묻지. 박 씨 자네는 인어 새끼 기름을 내기는 낼 작정이었나? 아니면 값싼 동정심 때문에 기회를 놓치고, 살릴 수 있었던 딸년을 잃고, 평생 후회하며 초라하게 살 생각이었나?"

"초라할지언정, 추한 욕망을 좇으며 살지는 않을 거요."

덕무는 작정한 듯 말의 날을 세우며 반발했다.

"욕망도 일종의 생각이지. 살아남기 위한 도구일 뿐이야."

"욕망이 지나치면 품은 자를 삼켜 버립니다. 어느 순간 주인이 종이 되고, 종이 주인 노릇을 하게 됩니다."

"그런 얘긴 어디서 주워들었나? 오호라, 여기 있었군."

광목에 둘둘 말린 긴 물건을 찾아낸 공 영감이 갑판 위에 서서 말했다.

"추한 게 약한 것보다는 나아. 자네는 너무 약해빠졌어. 하고 싶은 건 많은데 능력은 없고, 결정도 못 하겠고, 과거에 얽매여 현재를 살지도 못하고, 미래는 더더욱 암울하지. 자네한테 내일이 있기나 했나? 그냥 오늘만 반복되지 않던가? 늘 허접하고 초라한 하루가 반복되지 않더냐는 말일세."

공 영감의 궤변에 덕무는 더 이상 대화할 이유가 없다고 느꼈다.

"그만합시다."

"내 질문에 대답해. 그 인어 새끼를 찾으면 기름을 내기는 낼 거냐고!"

공 영감이 소리 질렀다.

"약을 먹을 사람이 없다면 아무리 좋은 약도 필요 없지 않소. 영실이가 하자는 대로 할 거요."

대답하는 덕무의 표정이 침착했다.

"그래서 인어 새끼를 어떻게 할 거냐고?"

"방금 말했잖소. 영실이 뜻대로 하겠다고."

공 영감은 기다란 물건에 둘둘 말린 광목을 풀며 말했다.

"그럼 뭣 하러 이 빌어먹을 섬에 목숨 걸고 다시 왔나? 도망간 인어 잡으러 온 거 아닌가?"

"아니, 난 인어를 도로 잡으러 온 게 아니라 내 딸 영실이를 되

찾으러 왔소."

덕무가 무겁게 말을 이었다.

"지난 며칠간, 난 아이들의 간절한 진심을 보았소. 영실이를 살리는 것도 중요하지만, 영실이가 그토록 살리고자 하는 생명을 살려 주는 것도 중요하다는 걸 깨달았소."

"그럼 나는? 인어 절반은 내 몫인데!"

"이젠 절반이 아니라 전부 영감님 몫이오. 영감님 혼자 다 가지쇼."

"뭐? 나 혼자 다 가지라고?"

"그렇소. 다만 난 영실이가 원하는 대로 찔레를 놓아 줄 거요. 그다음은 영감님이 알아서 하시오. 다시 잡고 싶으면 영감님이 잡고. 이렇게 하는 게 내가 망친 걸 원 상태로 돌려놓을 수 있는 최선의 방법이니까."

말을 마친 덕무가 돛을 묶으려 등을 돌리는데 공 영감이 말했다.

"박 씨, 잠깐만. 내 말 마저 듣게."

덕무가 돌아보니 공 영감이 광목 속에 있던 물건을 꺼내 들어 자신을 겨누고 있었다. 그것은 작살을 총처럼 발사해 고래나 상어 등 큰 물고기를 잡을 수 있는 작살총이었다.

"일본 사람들이랑 강치 잡으러 다닐 때 말이야. 강치 떼가 지천으로 깔린 섬을 알려 줬더니 답례로 나한테 이걸 주더군. 서양서

온 포경선 선장한테 산 물건이라면서. 이건 나 같은 외팔이도 손가락 하나만 걸면 써먹을 수 있으니 편리해서 좋아. 상어를 또 만나면 이걸 쓰려고 했는데."

날카로운 작살 촉이 햇빛에 비쳐 반짝였다. 공 영감의 눈에 살기가 번뜩 보였다. 덕무는 반사적으로 양손을 들어 공 영감에게 손바닥을 보이며 말했다.

"영감님, 진정해요. 지금 뭐 하자는 거요?"

"지난번처럼 흑암도 앞바다에서 또 상어를 만나게 되었네그려. 이번에 만난 상어가 더 악랄한 것 같아. 알지? 내가 상어라면 질색팔색하는 거. 상어는 말이야, 말이 통하질 않는다네. 얘길 들으려 하질 않고 그냥 물려고만 하거든. 한번 물면 지 거, 내 거 가리지 않고 다 망가뜨려 버리지. 자네랑 자네 딸년처럼 말이야."

"영감님, 후회할 짓 하지 마소."

"후회라는 건 뭘 잘못했을 때 하게 되지 않고, 공평하지 않은 일을 그냥 덮을 때 두고두고 하게 되더군. 이를테면 말이야, 젊고 사지 멀쩡한 자네도 어렵사리 잡은 인어 새끼를 바다 한가운데에 풀어 줘 버리면 이 늙은이가 어찌 그것들을 다시 잡을 수 있겠나? 그러니 이렇게 해야 공평하지 않은가?"

공 영감이 작살총의 방아쇠에 손가락을 걸었다.

"영감님은 왜 이토록 인어를 원하는 거요?"

덕무의 말이 끝나기가 무섭게 공 영감이 방아쇠를 당겼다.

퍽.

상어를 잡는 작살은 강력했다. 날아온 작살에 맞은 덕무는 갑판 위에 꽂히듯 쓰러져 정신을 잃었다. 그의 어깨에 꽂힌 작살 꼬리가 허공에서 부르르 떨렸다.

"내가 원하는 게 아니야. 내 생각이 원하는 거지."

공 영감은 덕무의 어깨에서 작살을 뽑아 피를 훔쳐 냈다.

배가 스르르 저절로 움직이며 동굴 속으로 빨려 들어갔다.

*

신라 역사상 최악의 해일이 마을을 휩쓸고 지나가고 며칠 후, 수십 명의 젊은 무리가 쑥대밭으로 변한 마을을 찾았다. 네 명의 화랑과 그들이 거느린 낭도들이었다. 말 위의 화랑들은 수려하면서도 영민했다. 날이 바짝 선 눈빛에서 비범함이 묻어났다. 표정은 당당하고 자세는 늠름했다. 그러나 지친 말들의 꼴로 보아 먼 길을 쉬지 않고 달려온 듯했다. 역사상 유례없는 큰 물난리로 마을이 통째로 없어진 사건이었지만, 그들은 물난리와 관련된 일이 아닌 다른 무언가를 찾아서 여기까지 찾아온 참이었다. 애당초 이 마을을 목적지 삼아 먼 길을 떠나 도착을 코앞에 둔 시점에서 하루아침에 마을이 없어져 버렸으니 그들 입장에서는 실로 허망하고, 황당무계한 일이 아닐 수 없었다. 백여 명이 넘는 마을 사람들이 쓸려 내려가 버렸는데 유일하게 살아남은 자가 한 명 있었다. 화랑들은 그와 마주했다. 생존자는 열 살을 갓 넘은 소년이었다. 네 화랑 중 한 명이 생존자에게 물었다. 화랑의 목소리는 친절하고 예를 갖추었으나, 표정은 세밀하고 치밀했다.

"네 이름은 무엇이냐?"

"공랑이라고 하옵니다."

"가족이 모두 변고를 당했다 들었다. 가족이 몇이나 있었느냐?"

"어머니와 동생 셋입니다."

소년은 무표정하게 답했다.

"바닷물이 들이닥쳤을 때 너는 가족과 떨어져 있었느냐?"

"어머니와 동생들은 집에 있었고, 소인은 마을 사람들과 우물가에 있었습니다."

"사람들은 왜 산으로 피하지 않았느냐?"

"언제 말씀입니까요?"

"바닷물이 밀려왔을 때 말이다. 왜 사람들이 높은 곳으로 피하지 않았는지 묻는 것이다."

소년은 대답을 멈추고 잠시 생각하더니 또박또박 설명했다.

"나리, 바닷물이 밀려온 게 아니고 말입니다. 머리 위에서 파도 소리가 나서 올려다봤더니, 하늘이 있어야 할 자리에 바다가 있었습니다. 그게 한꺼번에 쏟아졌습니다. 순식간에, 어디를 가고 자시고 할 여유도 없이 별안간에 말입니다."

"상황이 긴박해서 도망갈 여유가 없었다는 말이로구나. 너와 마을 사람들은 우물가에서 무엇을 하고 있었느냐?"

"마을 사람들이 힘을 합쳐서 며칠 만에 어렵사리 잡은 짐승을 손질하고 있었습니다. 태풍 때문에 달포 넘게 굶다가 보기 드문 것을 잡은지라, 삶아 먹으려고 모두들 가마솥 앞에서 침 흘리며 기다리고 있었습니다."

화랑들의 눈이 번쩍였다. 긴장하는 눈치가 역력했다. 온화함을 유지하던 그들의 표정이 경직되었다. 줄곧 말없이 지켜보고만 있던 화랑 중 한 명이 말했다. 다른 화랑들의 질문을 제지하고 묻는 것으로 보아 우두머리인 모양이었다.

"보기 드문 것이라……. 가마솥에 무엇을 끓이고 있었느냐?"

소년이 답하지 않고 우물쭈물하자, 화랑이 다그쳤다.

"어서 말해라. 바른대로 말하면 너에게 왕께서 하사하는 상을 내릴 것이다."

"왕께서요? 송구하지만 나리께서는 뉘신데 왕의 상을 주신답니까?"

"나는 영랑이라고 한다. 우리는 효소왕을 직속으로 모시는 사선이다."

"왕의 직속 사선인 나리들께서 무엇을 찾아 이 누추한 산골까지 오셨습니까요?"

발칙한 질문이었다. 산골에 사는 어리숙한 소년이 할 만한 질문이 아니었다. 예상치 못하게 정곡을 찌르는 소년의 질문에 화랑 중 한 명이 발끈했다.

"무엄하다! 감히 어느 앞이라고 함부로 입을 나불거리느냐? 질문에만 답하지 못할까?"

"술랑, 자네는 가만있게. 내가 얘기할 테니. 모르면 물을 수도 있는 법."

영랑이 조용히 꾸중하자 술랑이라는 화랑은 이내 입을 닫았다.

"우리가 무엇을 찾는지 알려 주면 너도 가마솥 안에 무엇이 있었는지 알려 주겠느냐?"

영랑은 차분한 목소리로 소년에게 물었다.

"네, 나리."

"약을 찾고 있다."

"무슨 약 말씀입니까요?"

"중병을 치료할 수 있는 영약이다."

"누가 편찮으시기라도 합니까요?"

"왕후께서 위중하시다."

신목 왕후. 그녀는 효소왕의 어머니였다. 효소왕은 여섯 살이라는 어린 나이에 왕이 되었다. 운명에는 장난이 없고, 권력에는 윤리가 없었다. 권신들은 어린 왕을 마음대로 조정하려고 했고, 뜻대로 조정할 수 없자 죽이고자 했다. 어린 왕의 목숨은 권신들의 살벌한 욕심 앞에서 칼 아래 놓인 병아리 같은 신세였다. 그때 나서서 어린 왕의 목숨을 보전하고 키운 이가 바로 왕의 어머니 신목 왕후였다. 지난 팔 년간 온갖 위협에서 지켜낸 효소왕이 이제 열네 살이 되어 스스로를 지켜낼 만한 힘이 생겼는데, 안타깝게도 신목 왕후가 쓰러져 죽음을 목전에 두게 된 것이었다.

소년이 무언가 셈을 하듯 손가락을 접으며 생각에 잠겼다가 말했다.

"작년 가을에 이곳 바닷물이 온통 핏빛으로 변한 적이 있지 않습니까요?"

그랬었다. 서기 699년 7월, 동해의 물이 핏빛으로 물들었다가 닷새 만에 원래대로 돌아왔다. 그리고 두 달이 지난 9월에는 동해의 물이 서로 맞부딪쳐 그 소리가 경주까지 들렸었다. 흉흉한 바다처럼 나라 전체가 어수선해졌고, 병기고의 북과 뿔피리가 저절로 소리를 내어 나라의 위급함을 경고했었다. 즉위와 동시에 권신의 표적이 되어 온 왕은 자신의 목숨을 지키느라 민고를 헤아릴 수 없었기에, 백성들은 알아서 살아남아야 했다.

"물이 막 서로 부딪쳐서 그 소리가 왕이 계신 곳까지 들리지 않았습니까요?"

"그랬지. 우리도 알고 있다."

"그때 좀 오시지 그랬습니까요? 그랬으면 우리 마을 사람들이 모조리 죽지 않았을 수도 있었을 텐데요. 작년은 그렇다 치고, 올해도 겨울 추위가 4월까지 가시질 않아 아무것도 못 심고, 여름부터는 큰 태풍 때문에 마을 사람들 떼로 굶어 죽을 뻔했는데, 그때 좀 오시지 그랬습니까요?"

화랑들은 소년의 오만무례함을 두고 보느라 얼굴빛이 붉으락푸르락해졌다. 꼴과 달리 또박또박 타박하는 소년은 발칙함을 넘어 무엄했다. 인내심을 갖고 평정심을 유지하던 영랑마저 더 이상 불편한 심기를 숨길 수 없었다.

"불평은 이것으로 족하니 그만해라. 가족을 잃은 슬픔 때문에 원통함이 있으려니 생각하고 너의 마음을 헤아리겠으나, 더 이상의 불손함은 용서하지 않겠다. 이제 너도 대답해라. 가마솥 안에 무엇이 있었느냐?"

영랑이 엄한 목소리로 말했다.

"그것은…… 갓 잡은……."

소년의 귓가에 그날 우물가에서 들렸던 소리가 다시 들리는 듯했다.

뎅강, 뎅강, 뎅강, 뎅강, 뎅강.

어미 인어의 사지와 목을 절단하는 데는 단 다섯 번의 칼질이면 족했다.

한 번의 칼질에 하나씩 잘려 나갔다. 내장까지 넣고 끓여야 했기에 버릴 게 없었다. 토막 난 어미 인어를 끓는 물에 넣고 삶았다. 물이 끓는 내내 그것이 약이 될지, 기름이 뜰지, 먹어도 될지 마을 사람 그 누구도 확신이 없었다. 그냥 남들이 그렇다니까 모두들 따랐고, 남들이 원하니까 모두들 원했다. 새끼 인어가 버드나무에 묶인 채 어미의 목이 잘려 나가는 것을 지척에서 보고 있었지만, 그 누구도 나서서 이래도 되는지 묻지 않았다. 너무 잔인한 것 아니냐고, 잠시 하던 일을 멈추고 돌아보자고 얘기하는 자는 한 명도 없었다. 그 순간, 불로장생의 욕망이 다른 모든 감각을 마취시켰다. 욕망에 예의나 도덕이 있을 리 없었다. 추했다. 공량은 마을 사람이 추하게 느껴졌다. 먹은 것 없는 빈 배에서 헛 토악질이 올라왔다. 그 순간, 마을 사람들도 자신을 보며 추하다고 느낄 거라는 생각이 들었다. 서로가 서로를 바라보며 추하다고 느끼던 그 순간, 사람들은 상대가 품은 추한 욕망이 바로 나의 욕망임을 깨달았다.

"그것은 갓 잡은 어미 곰이었습니다."

소년이 대답했다. 순간 실망한 기운이 네 화랑의 낯빛에 동시에 나타났다.

"곰이라……. 곰이 확실한가?"

"네, 이대로 굶어 죽느니 뭐라도 해 보자 싶어 마을 여기저기에 덫을 놓았는데, 동트고 나가 보니 커다란 어미 곰이 걸려 있지 뭡니까? 아마도 태풍 때문에 잃어버린 새끼를 찾아 마을까지 내려왔겠지요. 마을 사람들 모두 굶주린지라 함께 삶아 먹으려고 아침부터 가마솥을 걸고 끓였는데, 그만 큰 파도가 몰려와서 먹어 보지도 못했습니다."

"네가 정녕 사실을 말하고 있느냐?"

영랑이 재차 확인하듯 물었다.

"네, 제가 어느 분 앞이라고 거짓을 말하겠습니까요? 못 믿겠거든 다른 사람들에게 물어보십쇼."

"다른 사람은 없다. 네가 유일한 생존자라고 하지 않았느냐."

"참, 그렇습죠."

"아, 마지막으로 한 가지만 더 묻자꾸나."

말고삐를 돌리려다 멈춘 영랑이 말했다.

"네 말대로 바다가 머리 위로 쏟아졌는데 너는 어찌 살아남았느냐?"

"……."

소년은 웃는 듯, 우는 듯 답이 없었다.

*

찔레의 심장은 더 이상 뛰지 않았다. 모든 몸놀림이 멈춰 버렸다. 긴 속눈썹에 덮인 맑은 눈도, 앙다문 입술도, 가는 팔다리도, 짜름하고 앙증맞은 꼬리도 움직임을 멈추었다. 물 위로 고개를 내민 짱아가 걱정스레 지켜보았다. 배가 호수로 진입함과 동시에 영실은 찔레를 안은 채 정신없이 물로 뛰어들었다. 옥빛 물이 영실의 가슴께에서 찰랑거렸다. 찔레의 몸이 물에 흠뻑 젖어 들었다. 호수가 집에 돌아온 찔레를 품어 주었다. 그러나 영실은 느낄 수 있었다. 찔레의 몸이 이미 식었다는 걸, 팔다리가 굳어지고 있다는 걸.

삘리리, 삘리리.

곁에서 걱정스레 지켜보던 짱아가 울음을 터뜨렸다. 누나를 살려 달라고 애원하듯이.

그때 영실은 손바닥으로 찔레의 가슴을 문지르기 시작했다. 꺼져 가는 불씨를 살리기 위해, 식어 버린 생명에 온기를 주기 위해, 멈춘 심장을 다시 뛰게 하기 위해 필사적으로 찔레의 가슴을 문질렀다.

"찔레야, 눈을 떠 봐. 집에 왔어. 이제 넌 안전해. 찔레야, 제발 눈을 떠 봐. 여긴 너희 집이야. 이제 아무도 널 해치지 않아. 넌 안전해. 눈을 떠 봐, 찔레야."

먼 길 떠나는 친구를 붙잡듯, 잠든 아가에게 소곤대듯, 돌아가신 엄마를 부르듯, 영실은 찔레의 귀에 대고 끊임없이 속삭였다. 잠시 후 찔레의 심장 아래 배꼽 부분에서 붉은 점 하나가 명멸하기 시작했다. 희미한 점은 곧 선명해졌다. 피부나 뼈가 아닌 몸속으로부터 나오는 붉은 불빛이었다. 찔레의 눈꺼풀이 파르르 떨리더니 손가락에 힘을 주어 영실의 팔을 쥐었다. 영실의 속삭임에 찔레가 응답했다. 말라 죽은 줄 알았던 풀이 대지를 적시는 비에 푸르게 살아나고, 꽁꽁 언 땅을 뚫고 새싹이 올라오듯, 죽어 소생할 수 없을 것 같던 찔레가 되살아나기 시작했다.

쿵!

그때 무언가 충돌하는 소리가 크게 들렸다. 막 동굴을 빠져나온 공 영감의 배가 출구 언저리에 멈춰 서 있던 덕무의 배를 들이받는 소리였다. 그 충격으로 공 영감의 배에 떠밀린 덕무의 배가 물살을 따라 호수 저편으로 흘러가기 시작했다. 호수의 끝은 바다로 흐를 터, 덕무의 배는 그렇게 멀어져 갔다.

공 영감이 배에서 내리며 말했다.

"아, 되다. 늙은이가 다니기에는 바닷길이 너무 멀고 험하구먼. 두 번은 못 할 짓이야."

공 영감을 보고 겁에 질린 짱아가 물속으로 사라지더니, 먼발치에서 조심스레 고개를 내밀었다.

"우리 아부지는 어디 있어요?"

영실이 물었다.

"배 갑판에 쓰러져 있다. 피를 많이 흘렸지. 니 아비가 걱정되면 니 품에 그걸 내게 주고 얼른 가 봐라."

공 영감이 영실에게 다가가며 말을 걸었다.

"가까이 오지 마요. 아부지가 왜요? 왜 피를 흘려요?"

"너 때문이지. 어른 말을 고분고분 들었으면 이 사달이 안 났을 텐데 말이야. 너 지금 이럴 때가 아니다. 얼른 니 아비한테 가 봐야지. 설마 널 키워 준 아비보다 인어 새끼가 더 중하냐?"

공 영감이 한 발자국 더 다가서자 영실이 말했다.

"거기서 한 발자국만 더 가까이 오면 영영 찔레를 못 보게 될 거요."

그러나 공 영감은 멈추지 않았다. 조금씩 서서히 다가오며 말했다.

"왜? 너도 인어가 탐나냐? 우리 나눠 가질까? 반반씩 찢어 갖자."

공 영감이 지척으로 다가왔다. 팔을 뻗으면 닿을 거리였다. 영실은 얼굴을 일그러뜨리며 웃는 공 영감을 피해 등을 돌렸다. 그러고는 끌어안고 있던 찔레를 호수 깊은 곳을 향해 있는 힘껏 밀었다.

"찔레야, 너는 꼭 살아라. 꼭 되살아나라."

깊은 물 쪽으로 둥실 떠가던 찔레의 몸이 가라앉았다. 먼발치서 이 모습을 지켜보던 짱아가 수면 아래로 사라졌다.

"안 돼! 가지 마. 돌아와. 가지 말라고."

찔레를 건지려 손을 뻗고 허둥지둥 쫓아가던 공 영감도 갑자기 깊어진 물속으로 사라졌다.

영실은 아버지를 찾기 위해 공 영감의 배로 걸음을 옮겼다. 그 순간 갑자기 숨이 차오르기 시작했다. 답답한 가슴을 뚫으려 억지로 기침을 하는데 기도의 점막에서 터져야 할 숨이 헉 소리를 내며 바람 빠지듯 새어 나갔다. 막힌 숨으로 인한 고통은 가혹했다. 안 쉬어지는 숨을 억지로 쉬려 가슴을 부풀리면 찢어질 것처럼 아프다가, 바람 빠진 공처럼 줄어들었다. 공기가 부족해진 영실의 머리가 핑 돌았다. 눈앞이 캄캄해졌다가 밝아지기를 반복했다. 혈관에서 돌아야 할 피가 멈추는 것이 느껴졌고, 머리에 산소가 끊기는 것을 인지하는 순간, 죽은 사람처럼 팔다리마저 뻣뻣하게 굳기 시작했다.

"가야 하는데, 헉헉, 아부지 보러 가야 하는데."

쓰러지지 않기 위해 혼신의 힘을 다해 비틀비틀 걷는 영실의 등 뒤로 물거품이 올라오더니 공 영감이 수면 위로 솟아올랐다.

"이 망할 년, 독한 년! 어찌 이리 독할 수가 있냐?"

악에 받친 공 영감이 영실의 머리채를 낚아채더니 호수 밖으로 질질 끌고 나가 패대기쳤다. 부러진 갈대처럼 힘없이 땅바닥에 쓰러진 영실의 위로 공 영감의 비명 같은 고함이 쏟아졌다.

"목숨을 살려 준다는데! 천 년을 덤으로 준다는데, 그걸 마다해? 내 살다 살다 너같이 고집 세고 이상한 년은 처음 본다. 도대체 이렇게까지 해서 니가 얻는 건 뭐냐?"

공 영감은 도무지 이해할 수 없었다. 자신에게는 '영생불사'라는 흔들리지 않는 목적이 있었기에 인어를 쫓아 여기까지 달려왔다. 그런데 이 아이는 무엇을 위해 목숨을 던지면서까지 하찮은 인어를 살리고자 한단 말인가?

헉헉거리며 숨이 턱에 찬 영실이 공 영감을 말없이 올려다보았다.

"재를 잡아먹으면 천 년을 더 살 수 있었어. 넌 방금 니 손으로 천 년을 날려 버린 거야. 무려 천 년을. 어서 말해 봐! 이렇게까지 해서 너는 뭘 얻는데?"

"삶이요."

마지막 말을 마친 영실이 두 눈을 감자 천국이 펼쳐졌다. 그곳은 옥빛이면서도 푸르고, 푸르면서도 총천연색이었다. 진주 방울을 엮어 물로 뜨개질한 것처럼 한 올 한 올 모인 방울들이 보석처럼 빛났다. 구름처럼 포근한 주변은 잠잠하고 고요했다. 아무도 보이지 않고, 누구의 말도 들리지 않았다. 더 이상 아무것도 상관없었다. 아무것도 없는 그곳엔 필요한 모든 것이 있었다. 원하던 것이 전부 이루어졌고, 모든 게 완벽하고 충만했다. 영실은 홀로 빛나는 그곳에 오롯이 있었다. 그리고 엄마가 다가와 포근히 웃으며 자신을 따스하게 안아 주었다.

공 영감의 광기는 극에 달했다. 영실이 두 눈을 감자, 공 영감은 하늘을 향해 주먹질을 하며 저주를 퍼부었다.

"이 손으로 잡았었는데, 새로운 천 년을 손에 쥐었었는데. 줬다 뺏는 법이 어디 있어? 인어 한 마리 잡으려고 천 년을 넘게 헤매고 다닌 나한테 이런 법이 어디 있느냐고. 남은 시간이 일 년도 안 되는데, 그것만 살고 죽으라는 거냐? 나 더 살게 해 달라고. 더 살고 싶다고."

"더 살아 무엇 하게?"

공 영감이 뒤를 돌아보았다.

덕무가 비틀거리며 서 있었다. 피투성이였지만 눈빛은 선명했다. 덕무의 손에 작살총이 들려 있었다. 지옥에서 돌아온 사람이라도 만난 양 사뭇 당황했지만, 공 영감은 애써 놀라움을 감추고 말했다.

"그걸로 날 쏠 건가?"

"대답해."

피를 많이 흘린 덕무의 눈이 부르르 떨렸다.

"아직도 모르겠나? 난 천 년 전에 이미 인어 기름을 마셨어. 넌 날 못 죽여. 난 안 죽어."

"마지막으로 묻겠다. 더 살아서 무엇 할 거냐?"

"더 살면서 오랫동안 목숨을 이어 가는 거지."

공 영감이 답했다.

"넌 이미 죽었다. 오래전에 죽고 욕심만 남았을 뿐이야."

쉭.

작살이 날아가 공 영감의 배에 명중했다. 공 영감의 몸이 기우뚱하더니 그대로 앞으로 고꾸라졌다.

8장

살다

덕무는 영실의 옆에 누웠다. 마지막 인사를 하기 위해 자신의 팔을 뻗어 영실의 손을 잡았다. 차가웠다. 차가워도 괜찮았다. 어린 영득이 혼자 어찌 살아갈지 염려되었지만, 걱정해도 소용없다는 생각이 들면서 오히려 마음이 차분해졌다. 지금 이 순간 딸과 함께 있다는 것이 소중했다. 두 눈이 스르르 감겼다.

덕무의 콧잔등 위로 흰 눈송이가 내려앉았다. 가을인데 벌써 눈이 오는가 싶어 콧잔등에 내린 것을 손가락으로 집어 보니 하얀 찔레 꽃잎이었다. 덕무가 사방을 둘러보니, 찔레꽃 만개한 언덕 위로 산들바람이 불 때마다, 하얀 꽃잎들이 연분홍 꽃잎들과 섞여 눈송이처럼 내렸다. 덕무는 갓난쟁이 영득을 업은 아내 임씨와 함께 꽃잎들 사이를 걷고 있었다. 오른손에 따스한 기운이 느껴져 내려다보니 여섯 살 영실이 자신의 손을 꼭 쥐고 곁에서 걷고 있었다.

"나무가 울어요."

눈송이처럼 내리는 찔레 꽃잎들 사이로 영실이 말했다.

"울다니. 꽃잎이 떨어지는 건데."

덕무가 말했다. 앞서 걷던 아내 임 씨가 돌아보며 덕무에게 말했다.

"꽃잎은 영실이가 흘리는 눈물방울이에요."

"영실이가 운다고?"

"영실이가 울어요."

"왜 우는 거요?"

"영실이는 자기 세상이 왜 변했는지 모르겠대요."

"왜 변했지?"

"아부지가 잊어버린 것 같대요."

"내가 무엇을 잊어버렸소, 부인?"

"영실이는 나무처럼 살고 싶어 했다는 걸. 그 누구도 해치지 않고 살다가, 생명이 다하면 다음 생명에게 자리를 고스란히 넘겨주길 원했다는 걸. 하루를 살더라도 나무 같은 사람으로 살고 싶어 했다는 걸 아부지가 잊은 것 같대요."

"하지만 그러면…… 그렇게 나무처럼 살다가 모두 가 버리면,

당신도 떠나고 영실이도 가 버리면, 나는 어떻게 해야 하오? 부인, 남은 사람은 어떻게 살란 말이오? 함께 살 수 없다면 사는 게 뭐가 중요합디까?"

덕무가 언덕 위에 올라 내려다본 바다는 엄마의 미소처럼 너그럽고, 그 품처럼 따스해 보였다. 원하는 것을 이야기만 하면 무엇이든 내어 줄 것 같았다. 도란도란 이야기하다가 잠들면 깨어날 때까지 지켜 줄 것 같았다. 봄날의 따스한 볕을 쬐는 것처럼, 산과 들에서 상쾌한 바람을 맞는 것처럼, 밤하늘에 쏟아지는 별빛 속에 서 있는 것처럼, 황토를 힘차게 뚫고 나오는 새싹같이, 숲속에서 지저귀는 새들같이, 대지에 내리는 소낙비같이, 바다가 엄마처럼 자신과 아내 임 씨, 영실과 영득을 품어 진정하고 영원한 휴식을 줄 것만 같았다.

덕무는 손을 꼭 잡고 있는 영실을 내려다보았다. 영실도 덕무를 올려다보았다. 둘은 서로 바라보며 미소를 지었다. 마음과 마음이 만나 서로가 무슨 생각을 하는지 말하지 않아도 알 수 있을 때만 우러나오는 미소였다.

언덕 끄트머리에 서 있던 둘은 절벽 아래로 뛰어내렸다. 눈송이 같은 찔레 꽃송이들이 둘의 귓불을 스치며 하늘로 올라갔다. 바다 속은 밝고 따듯했다. 온갖 종류의 물고기들이 옆으로 스쳐 지나갔다. 늙은 거북도 한가롭게 유영하고 있었다. 강치 가족이 보였다. 어미와 아비 강치, 새끼 강치들이 서로 장난치듯 부딪히며 헤엄치고 있었다. 그들은 모두 한 무리처럼 바다 속을 유영했다. 아직 태어나지 않은 아기가 엄마 배 속에서 안락함과 평화를 누리듯, 그들은 바다의 품 안에서 함께 노닐며 거닐 듯 유영했다.

바다는 또 하나의 하늘이었다. 푸른 하늘 같은 바다 속을 덕무와 영실은 헤엄치듯 날았다. 푸른 하늘에 떠 있는 구름처럼, 바다 속에서는 물고기 떼가 구름이었다. 수만 마리의 물고기들은 뭉게구름을 만들었다가 털구름을 만들고, 조각구름으로 바뀌었다가 새털구름이 되어 흩어졌다 모이기를 반복했다.

바다는 하늘의 반대쪽인 줄 알고 살았는데, 바다가 하늘이요, 하늘이 바다였다. 덕무가 돌아보니 영실은 더 이상 보이지 않고, 아내 임 씨가 옆에서 날고 있었다. 아니 헤엄을 치는 것일까? 상관없었다. 날든, 헤엄치든 함께 있다는 것이 중요하니까. 늙은 대왕 거북이 몸을 수직으로 세우고 허공에서 낙하하다가, 바다 밑으로 내려갔다. 그 뒤로 수많은 사람들이 거북을 따랐다. 덕무와 아내 임 씨도 그 무리에 끼어 있었다. 중간 바다는 분명 위 바다보다 어두웠다. 주변 사람들이 사람이 아니라 그림자로 보였다. 그러나 그림자인 덕분에 나머지가 더욱 선명해졌다. 흑백 세상에서는 흑이 백을 더욱 선명하게 만들 듯, 어두운 중간 바다에서는 빛이 아무리 미세하더라도, 존재가 아무리 미약하더라도, 모든 움직임이 흑 속의 백처럼 선명했다. 그 어떤 작은 것이더라도 생명의 존재를 느끼기에 충분했다. 그곳에서는 어떤 생명이든 뚜렷했다. 덕무는 한 번도 경험한 적이 없는 이 상황에 기시감을 느꼈다. 언젠가 경험한 적이 있는 것처럼 느껴졌던 것이다. 언제일까 곰곰이 생각해 보니 처음 태어나기 위해 있었던 그곳, 어머니의 양수에서 느꼈던 충만함이었다. 생명만 존재할 뿐 욕망이 없는 그곳은 평안했다. 누구의 생명이든 생명은 소중했고, 다른 것은 존재하지 않았다.

중간 바다를 지나 심해로 내려가는 길에 사방이 환해졌다. 그것은 아래의 어떤 광원에서 쏘아 올린 빛이었다. 빛의 원천이 무엇인지 알 수는 없지만, 바라볼 수 없을 만큼 밝은, 태양처럼 밝은 그 무엇이 다가오는 무리를 향해 빛을 나눠 주고 있었다. 조도의 밝기는 세상의 것이 아닐 만큼 환했다. 광원을 향해 낙하하는 모두가 그림자가 아닌 빛의 일부로만 보였다. 모두 빛 속으로 사라져, 빛과 그들은 하나가 되었다.

그리고 영실의 음성이 들렸다.

"아부지도 곧 알게 될 거예요. 모든 생명은 원래 하나였다는 걸. 그래서 모두가 소중하다는 걸."

덕무는 안도감을 느꼈다. 이제 끝이었다. 평생 염려하고, 걱정했던 일들이, 절실하고 간절했던 것들이 연기처럼 사라졌다. 이

대로 영원히 깨어나지 않을 꿈속으로 빠져든다고 느낄 때, 반쯤 감긴 덕무의 눈에 물에서 걸어 나와 다가오는 그림자가 보였다. 찔레였다. 꿈인지 생시인지 모를 비현실 속에서 만난 찔레는 반나절 만에 더 크고 아름다워진 것 같았다. 찔레의 심장과 배꼽 사이에서 깜빡거리는 무언가가 보였다. 투명하고 흰 찔레의 배 속에서 활활 타오르는 불처럼 밝게 빛나는 그것은 생명 주머니였다.

*

서 씨 할머니가 공랑에게 옛이야기를 들려주었다.

"먼 옛날이었지. 탐라에 살던 내 어머이 이름은 소정이었는데, 먼 나라에서 온 그 사내를 만났을 때 열일곱 살이었어."

고조선이 쇠퇴의 길에 접어든 기원전 210년 어느 가을날이었다. 하늘은 높고 맑았다. 해안가 부락의 여느 여인처럼 소정은 물질을 하러 바다에 들어갔다. 소라와 고둥을 따서 물 밖으로 나와 보니 대낮인데도 밤처럼 어두웠다. 바다 한가득 커다란 배들이 몰려와, 배 그림자가 바다를 덮어 버렸기 때문이었다. 선단을 이끌고 온 우두머리는 비단옷을 차려입은 젊은 남자였다. 곱상한 얼굴에 말끔한 용모의 그는 진나라에서 온 서복이라고 했다. 황제의 명을 받들어 사람을 닮은 물고기를 잡으러 왔다고 했다. 부락 사람들 중 유일하게 소정만이 바다 속에서 그것과 마주친 적이 있었다. 그걸 왜 잡으려 하느냐고 소정이 물으니, 물고기 같기도 하고, 사람 같기도 한 그것은 인어라 불리는 불로장생약이라고 했다. 소정이 알려 준 바다에 정박한 배들은 보름 밤낮을 기다렸다.

둥근 보름달이 바다에 닿을 듯 휘영청 뜬 밤, 새끼 인어 한 마리가 물 위로 머리를 내밀었다. 뱃사람들은 새끼를 잡아 뱃머리에 매달았다. 새끼 인어는 밤새 소리 내어 울었다. 새벽녘이 되자 새끼 인어의 울음소리를 듣고 온 어미 인어가 바다에 떠올랐다. 어미 인어를 잡는 데 성공한 서복은 진나라로 돌아가는 날을 차일피일 미루었다.

바람이 불던 어느 늦은 밤, 서복이 불쑥 소정을 찾아왔다. 곱상한 얼굴은 술 취한 듯 붉었고, 비단옷은 비에 흠뻑 젖어 있었다. 다음 날 아침 소정이 눈을 떠 보니 서복은 떠났고 머리맡에 호리병이 남겨져 있었다. 소정의 몫으로 남겨 놓은 인어 기름이었다. 소정이 바다에 나가 보니 배들은 전부 떠났고 바다는 텅 비어 있었다. 해가 바뀌어 소정의 딸이 태어났다. 아기는 태어나면서부터 아팠다. 몸은 여렸고, 안색은 파리했다. 소정은 아기가 아플 때마다 호리병 속 기름을 먹였다. 기름을 먹은 딸은 무럭무럭 자랐다.

"간혹 아픈 자식을 둔 엄마들이 기름을 나눠 달라고 했지만 내 어머이는 절대로 나눠 주지 않았어. 꽁꽁 숨겨 두고 나에게만 주었지. 먹으면 오래 사는 약이라 그랬으니까, 모두가 원하는 약이라 그랬으니까. 내 어머이가 숨을 거두던 날, 나에게 말했어. '사랑하는 내 딸아, 넌 아프지도 않고, 아주 오랫동안 행복하게 살 거다.' 이 말을 남기고 어머이는 하늘로 영영 떠났지. 그때부터 나 혼자 남았어. 나는 어머이 말대로 오래오래 살았단다."

이야기를 듣고 돌아서는 공랑을 불러 세운 서 씨 할머니가 말했다.

"얘야, 먹지 마라. 그건 저주야. 아무리 먹고 싶어도 먹지 마라."

공랑이 떠나자 새 떼가 하늘을 가리고, 먹구름이 몰려오고, 천둥 번개가 치고, 해일이 밀려왔다. 멀리서 마을 사람들이 내지르는 비명이 들렸다. 하늘에서 쏟아지는 바다를 보며 서 씨 할머니는 중얼거렸다.

"사람답게 살려면 먹지 마라."

*

얼마나 시간이 지났을까.

공 영감은 본인 말대로 죽지 않고 다시 깨어났다. 주위를 둘러보니 사방이 쥐 죽은 듯 고요했다. 아무도 없었다. 덕무도, 영실도 보이지 않았다. 호수 가장자리에 멈춰 서 있어야 할 공 영감이 타고 온 배도 보이지 않았다.

“어떻게 된 거지? 모두 어디로 간 게야? 분명 박 씨는 작살에 맞아 피를 많이 흘렸고, 그 딸년은 숨을 못 쉬어 쓰러졌는데……. 내 배는 또 어디로 갔지? 인어는? 대체 그새 무슨 일이 벌어진 게야?”

공 영감은 적잖이 당황했다. 덕무가 쏜 작살에 맞은 것까지는 기억나는데, 기절했다가 깨어 보니 동굴 속 적막한 호수에 홀로 남아 있었으니 그럴 만도 했다.

잠시 후, 전방의 수면에서 거북 알 떠오르듯 작은 머리통이 떠올랐다. 짱아였다. 짱아는 목까지 잠기는 물속에서 머리만 내밀고 공 영감을 주시했다. 호수 밖에 있는 공 영감과 꽤 거리를 두고 경계하는 것 같았다.

“오, 여기 있었구나. 니 누이는 어디 있냐? 응? 이리 와 봐. 너라도 와 봐라.”

공 영감이 절박하게 소리치는 순간, 짱아보다 몇 걸음 더 가까운 수면에 물보라가 일더니, 찔레가 수면 위로 떠올랐다. 호수 밖의 공 영감과 마주 보고 선 찔레의 허리 부분까지 물 밖에 드러났다. 공 영감은 그 모습을 보고 아연실색했다. 찔레의 배 한가운데서 붉은색 생명 주머니가 선명하게 빛나고 있었기 때문이었다.

‘생명 주머니다!’

공 영감은 반사적으로 침을 꼴깍 삼켰다.

"혹시 네가 영실이와 박 씨를 고쳐 주었냐? 그랬구나. 오호라, 그렇게 된 거로구나. 굳이 잡아서 기름을 내지 않아도 고칠 수 있었구나. 흐흐흐. 이 할아비가 그걸 몰랐네. 알았으면 힘들게 하지 않고 조금씩만 나눠 달라고 부탁했을 텐데 말이야. 얘야, 내가 착각했다. 너를 오해했어. 이리 와 봐라."

공 영감이 찔레에게 한 걸음 다가섰다. 찔레는 미동 없이 서서 공 영감을 무표정하게 바라보았다. 공 영감이 잘라 냈던 지느러미가 다시 자라나 펄럭이고 있었다.

"지느러미가…… 벌써 자라다니. 넌 정말 생명 덩어리로구나. 잠깐만 이리 와 보래도? 이 할아비가 말이야, 네 도움이 좀 필요해. 네가 필요하단 말이다."

다급해진 공 영감이 찔레에게 한 걸음 더 다가섰다. 팔을 뻗으면 잡힐 만큼 둘 사이가 가까워졌다.

찔레가 입을 벌려 삘리리 소리 내어 울었다. 그러자 짱아도 먼발치에서 맞장구치듯 삘리리 소리 내어 울었다. 다음 순간, 찔레와 짱아의 몸이 동시에 공중으로 휘리릭 솟구치는가 싶더니 수면 아래로 떨어지듯 사라져 버렸다.

"아악! 가지 마! 이 할아비가 잘못했다. 이리 와 봐라. 가지 말라고."

물속으로 사라진 찔레와 짱아는 다시는 물 밖으로 나오지 않았다.

공 영감은 찔레와 짱아가 사라진 그 자리에서 인어가 다시 떠오르기를 아주 오랫동안 기다렸다.

*

쌍돛을 단 배는 빨랐다. 파도를 굽이굽이 타고 넘을 때마다 바다는 하얀 거품을 토해 냈다. 연신 불어오는 바닷바람이 키를 잡은 덕무의 얼굴을 간지럽혔다. 덕무가 고개를 옆으로 돌려 영실을 바라보았다. 영실은 몸 구석구석까지 시원한 공기를 보내려는 양 숨을 깊이 들이마셨다.

"아부지, 숨을 쉰다는 게 이리도 시원한 건 줄 몰랐어요."

서서히 기운을 차려 가는 영실의 목소리는 조용하지만 힘이 느껴졌다.

"그래, 영실아. 모르는 게 너무나 많지. 우리, 살면서 차차 알아가자꾸나."

키를 쥔 덕무가 영실을 바라보며 말했다.

섬이 가까이 다가왔다. 언덕 위 활짝 핀 찔레나무가 영실의 눈에 들어왔다. 찔레나무 가지가 팔을 뻗어 파란 하늘을 품고 있었다.

* * *

중국 땅을 통일한 진나라 진시황이 서복이라는 젊은 도사에게 동쪽으로 가서 영생불사의 묘약을 구해 오라고 명했다. 서복이 이끄는 선단은 동쪽 바다를 건너 탐라국에 도착했다. 그들은 제주 앞바다에 한동안 머무르다가 진나라로 되돌아간다며 포구를 떠났다. 기원전 210년 제주도 서귀포에서 있었던 일이다.

서복의 선단은 진나라로 돌아가는 길에 자취를 감추었다. 진시황은 죽는 순간까지 봉래산에서 돌아올 서복을 기다리다 숨을 거두었다. 중국 전설 속에서 봉래산으로 불리는 그곳은 실제 산이 아니었다. 영생불사의 묘약이 숨겨져 있는 곳을 그들은 그렇게 불렀다.

서복은 사라지기 전 마지막 서신에서 진시황에게 다음과 같이 고했다.

"봉래산의 불로장생약을 구할 수는 있으나, 바다 속에서 용 같은 물고기가 방해하여 접근할 수 없었습니다."

바다에서 불로장생약을 찾았지만 용이 버티고 있어 가까이 갈 수 없다는 뜻이었다. 반은 참이고 나머지 반은 거짓이었다. 용은 바다 속이 아닌 그의 마음속에 있었다. 그것은 욕망이라는 이름의 괴물이었다.

때가 되어 사람은 죽었지만 욕망은 죽지 않았다. 수천 년에 걸쳐

해가 바뀌고 사람이 바뀔 때마다 새로운 모습으로 다시 태어났다.

영생불사를 누리고자 했던 인간 덕분에 욕망은 영생불사가 되었다.

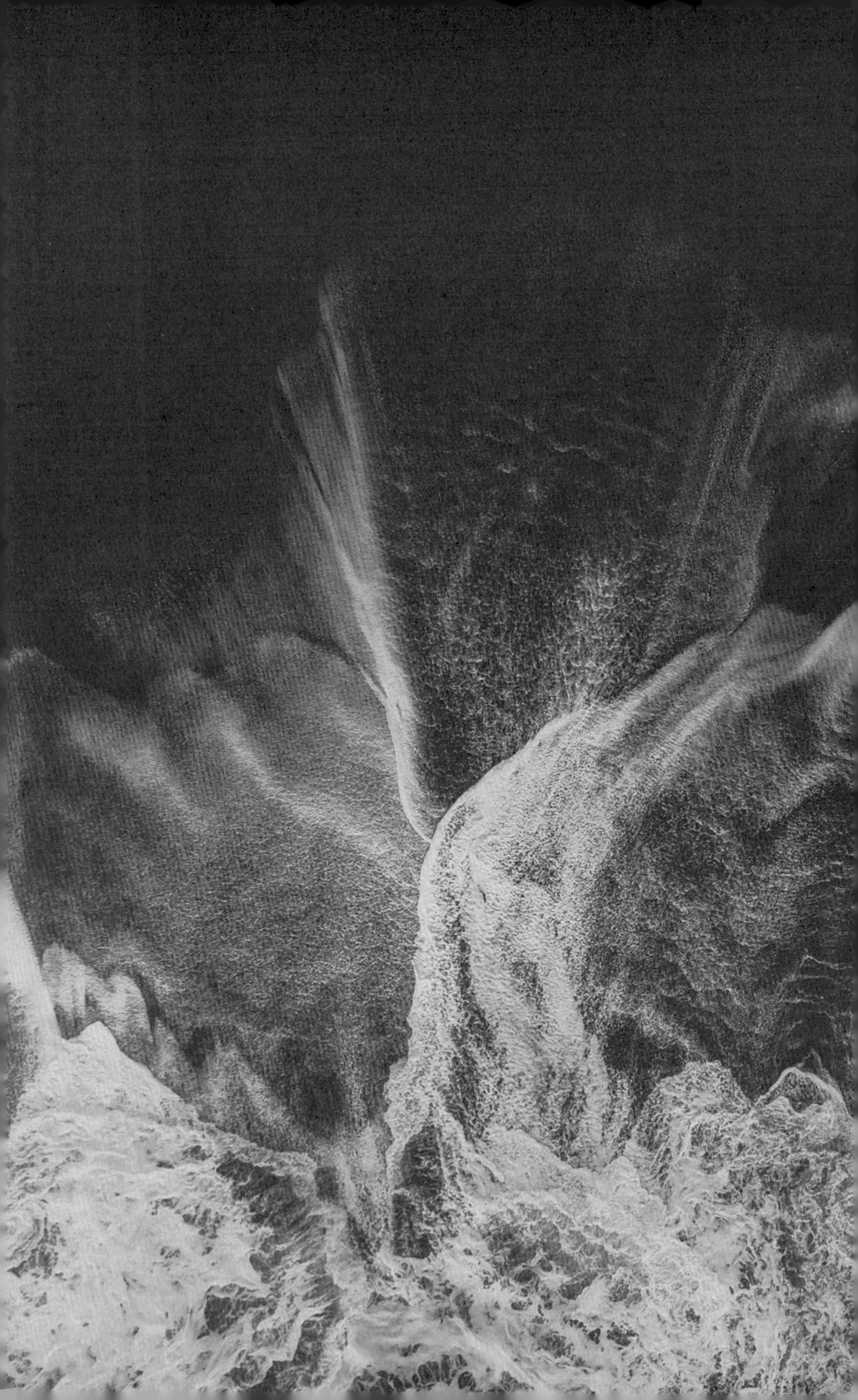

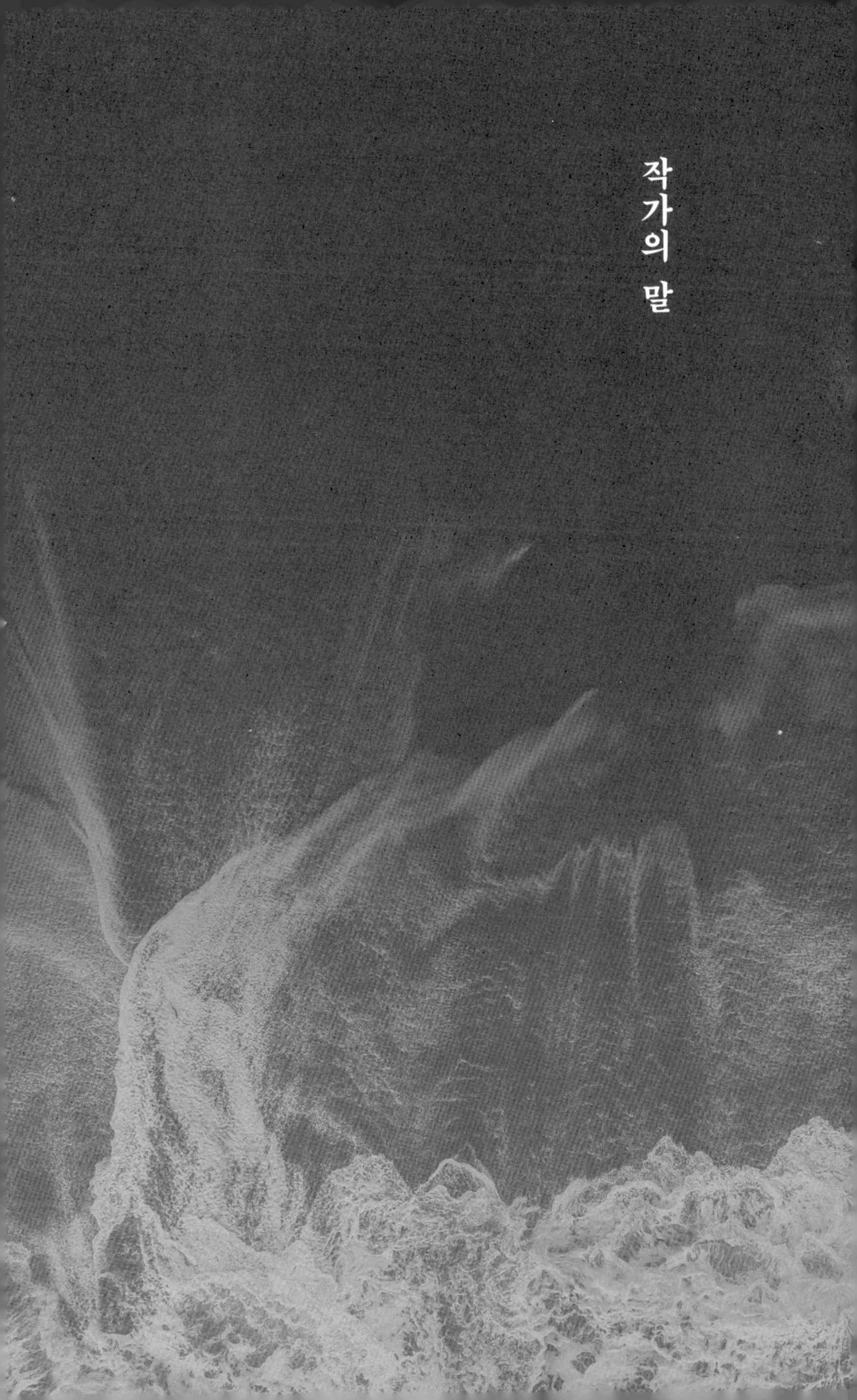

작가의 말

•

스코틀랜드의 인어는 바다에서 사는 데 필요한 가죽을 잃어버리는 바람에 육지에서 살아야 했다. 뱀과 사람을 섞어 닮은 아프리카의 인어는 물의 영혼을 지배했다. 브라질에는 아마존을 지나는 남자들을 유혹해 수장시키는 '이아라(물의 여인)'라는 인어가 있었고, 뉴질랜드에는 사람 머리에 용처럼 긴 몸통을 하고 카누를 부수는 '마라키하우'라는 인어가 살았다. 일본의 인어는 거대한 물고기였는데 사람을 닮은 얼굴에 송곳니와 뿔이 난 괴물이었다. 이 외에도 아일랜드, 러시아, 프랑스, 노르웨이 등 전 세계의 바다가 있는 곳에는 그들만의 인어 이야기가 있다.

왜 '인어'는 동서양을 불문하고 오대양 육대주를 넘나들며 인간의 이야기에 자주 등장하게 되었을까? 그것은 아마도 인간이 인어를 필요로 했기 때문일 것이다. 압도적인 대자연 속에서 살아남기 위해 인간은 이야기를 만들어야 했을 것이다. 바다에 대한 공포심과 경외심을 투사할 대상을 만들어 두려움을 극복해야만 했을 것이다. 그렇게 인어는 각 시대, 각 지역에 신분과 정체를 달리하며 존재하게 되었다. 세이렌처럼 선원을 유혹하는 요물이었다가, 무시무시한 바다 속 괴물이 되기도 하고, 폭풍우 속 배를 지키는 물의 요정이 되었다가, 정어리나 다랑어 같은 미물로 여겨지기도 했다.

수많은 인어 중 내 마음을 사로잡은 인어는 조선 시대의 문신 유몽인이 쓴 『어우야담』에 나오는 우는 인어였다. 조선의 한 어부에게 잡힌 인어는 흰 눈물을 비처럼 쏟으며 울었다고 한다. 왜 울었을까? 혹시 누군가 보고 싶었던 건 아닐까? 행위보다 내면을 강조한 이 한 문장을 읽고 인어에 대한 연민이 생겼다. 나의 경우, 연민이 생겼다는 것은 글을 쓸 가치가 생겼다는 뜻이다. 수개월이 걸릴지, 혹은 수년이 걸릴지 모를 장편소설 쓰기라는 긴 여행을 떠날 이유가 생긴 것이다. 그리고 이 긴 여정의 끝에 인어는 나를 거울 앞에 데려다 놓고 나의 욕망을 찬찬히 들여다보게 만들었다.

『인어 사냥』은 나의 세 번째 장편소설이다. 첫 번째 소설 『잘

•

가요 언덕』(2021년 개정판명: 『언젠가 우리가 같은 별을 바라본다면』)은 1998년쯤 쓰기 시작해서 2009년에 출간했으니 독자를 만나기까지 10년이 걸렸다(그 기간 동안 쓰다 말다 했다는 뜻이다). 두 번째 소설, 『오늘예보』는 처음에는 영화 시나리오로 썼다가, 연극 대본으로 바꿔 봤다가, 마침내 소설이 되어 2011년 출간하기까지 5년 이상 걸렸다. 반면 『인어 사냥』은 작년 여름 석 달 만에 초고를 완성했고, 올해 초 서너 차례의 수정을 거쳐 이번에 출간하게 되었다. 집필에서 출간까지 1년 남짓 걸린 것이다. 글 쓰는 속도가 갑자기 빨라졌을 리는 없는데, 어떻게 이런 일이 가능했을까? 이유는 간단하다.

『인어 사냥』은 내용을 들은 출판사에서 출간을 잠정적으로 결정한 상태에서 쓴 소설이기 때문이다. 다시 말해서 잘 써내기만 하면 독자들과 만날 수 있다는 희망이 있었다는 뜻이다. 기다려주는 사람이 있다는 것, 독자를 만날 수 있다는 확신이 이토록 중요하다. 거북이처럼 기는 자를 토끼처럼 뛰게 만들고, 10년 걸릴 일을 1년 만에 해치우게 만들 만큼 강력하다.

『인어 사냥』을 쓰는 동안 응원해 준 가족들과 믿고 기다려 준 해결책 출판사의 이수란 대표님과 출간에 도움을 주신 많은 분들 그리고 이제부터 만날 나의 독자님들께 진심 어린 감사를 전한다.

2022년 가을에,

차인표

인어 사냥 Hunting Mermaids

초판 1쇄 발행 2022년 10월 14일
초판 6쇄 발행 2024년 9월 12일

지은이 차인표

발행인 이수란
편집 해결책
디자인 스튜디오 서로
교정교열 김혜영
제작대행 공간코퍼레이션
가격 15,000원
ISBN 979-11-91061-98-7 04810
979-11-91061-99-4 (세트)
Published by Answerkey, Inc.
Printed in Korea

발행처 해결책
등록번호 제 2017-000328호
등록일자 2017년 7월 17일
주소 서울시 마포구 양화로6길 57-6, 1층
전화 02-337-2033
팩스 02-6442-2011
이메일 answer_key@naver.com
인스타그램 @lucky_answerkey
블로그 blog.naver.com/answer_key